Christian Hug

AF200067

# Ich meinti

### Die 40 besten Kolumnen
### aus der Nidwaldner Zeitung

www.christian-hug.ch

# Von gestohlenen Velos in einer heilen Welt

**M**eine Mutter hatte natürlich wieder mal recht: Wenn ich mein Velo nicht abschliesse, wird es gestohlen. Tatsächlich: Ich habe mein Velo nie abgeschlossen, und irgendwann wurde es halt geklaut. Es war ein Irgendwas-Bike, ich weiss das nicht mehr so genau, aber ich glaube, es war ein Mountain-Bike, kein City- oder Offroad- oder so. Damals kamen die Mountain-Bikes grad in Mode, und deshalb wurde von den Händlern alles, was vorher noch ganz banal Velo hiess, als Mountain-Bike gepriesen. Mein Bike war violett und kostete 600 Franken. Ich fuhr damit ins Dorf, zum Bahnhof und zum Parkplatz. Und von dort wieder nach Hause. Manchmal liess ich mein Velo tagelang neben meinem Autoabstellplatz stehen, an einer Scheunenwand neben einem öffentlichen Parkplatz im Freien. Unbewacht und unverschlossen. Extra! Weil ich nämlich hartnäckig der Ansicht war, dass Stans sicher ist. Dass wir hier noch diese heile Welt haben, wo Fussgängerinnen des Nachts nicht vergewaltigt und unverschlossene Velos nicht gestohlen werden.

Nach drei Jahren passierte, was Mutter immer hatte kommen sehen: Mein Fahrrad war weg. Schnöde entwendet und nicht mehr auffindbar, weder bei der zentralen Diebesgut-Sammelstelle der Polizei noch beim Veloständer vor dem Spital (falls jemand einen Notfall gehabt hätte).

Glücklicherweise bot mir mein Freund Michel noch am Tag des Verlustes an, sein altes Mountain-Bike zu übernehmen. Für 400 Franken. Nun hatte ich statt meines Irgendwas-Bikes plötzlich ein ordentliches Mountain-Bike, und unversehens fand ich mich auf lustvollen Velotouren wieder. Ich kaufte mir Velohosen, Windbrille und Handschuhe und entdeckte die Sportlust auf zwei Rädern. So gesehen hatte es vielleicht durchaus sein

Gutes, dass mir jemand mein altes Fahrrad klaute: Seither verbessere ich als Hobby-Biker meine Gesundheit und vertiefe meine Geographie-kenntnisse.

Bis hier hört sich meine Geschichte ja ganz normal an. Das Witzige daran wird jeweils dann klar, wenn ich sie einem Basler, einem Zürcher oder einem Sanktgaller erzähle. Die reagieren nämlich alle mit end-losem Erstaunen und sagen, dass mein Velo bei ihnen nicht drei Jahre, sondern höchstens drei Tage unabgeschlossen rumgestanden wäre, bis es jemand geklaut hätte. Ich meinti deshalb, dass damit bewiesen ist, dass wir Nidwaldner tatsächlich in einer heilen Welt leben. Vergleichs-weise wenigstens. Und um das zu beweisen, habe ich mein Velo schon fast gerne geopfert.

Was natürlich dem Dieb oder der Diebin keineswegs ein ruhiges Gewissen bereiten sollte. Lieber Dieb, liebe Diebin: Noch gehört das violette Irgend-was-Bike mir, und es wäre nichts anderes als anständig, dasselbe wieder dorthin zu stellen, wo du es genommen hast. Und falls du auf die Idee kommen solltest, mein neues Mountain-Bike auch noch zu klauen: Vergiss es! Das ist jetzt nämlich abgeschlossen.

— Januar 2002 —
Mutter sagt: selber schuld.

# Von luftigem Vergnügen und gewichtigen Argumenten

Eigentlich schade, dass das Fitness-Center Panthera umgebaut wurde. Der Aerobic-Raum befindet sich jetzt einen Stock tiefer, statt wie bis anhin gleich neben dem Eingang zur Umkleidekabine der Männer. Diese Lage hatte zwei bedeutende Vorteile: Einerseits konnte ich jeweils im Vorbeigehen vor dem Aerobicraum stehen bleiben und einen Blick durch die Glastür auf den Pulk fröhlich steppender, schattenboxender und bodypumpender Frauen werfen. Das war natürlich immer ein inspirierender Anblick, und ich fühlte mich immer auch ein bisschen wie früher, als ich als Schulbube die Mädchen heimlich und aufgeregt beim Turnen beobachtete.

Anderseits hatte dieser Anblick im Panthera auch etwas Beruhigendes: Immer wenn ich sah, mit welcher Inbrunst all die aerobischen Frauen ihre Arme und Beine in die Luft warfen und dazu freudig «Yeah!» oder «Ja!» riefen, wie sie sich mit nie endender Freude dem ziellosen Gehopse hingaben, wurde mir klar, dass ich die Frauen nie wirklich verstehen werde. Dass überhaupt Männer die Frauen nie wirklich verstehen werden.

Beruhigend war diese Erkenntnis deshalb, weil ich im Panthera vor vollendeten Tatsachen stand. Frauen machen Aerobic, und Männer werden nie nachvollziehen können, was daran so erquickend sein soll. Ich musste mir also keine Sorgen machen, dass es an mir liegen könnte, warum ich die Frauen nie wirklich verstehen werde. Manche Dinge sind einfach so, wie sie sind. Punkt.

6

(Naja, um den chronischen Männerstolz ein wenig zu stützen: Für manche Männer ist es angesichts dieser unverrückbaren Tatsachen immerhin beruhigend zu sehen, dass viele Frauen sich selbst auch nicht verstehen...)

Umgekehrt ist natürlich ebenso Velo gefahren, auch wenn die Velotrainer im Panthera gut im Boden verankert sind: Wahrscheinlich bleiben die Frauen im Vorbeigehen einen kurzen Moment vor dem Kraftraum stehen, der sich amüsanterweise grad neben dem Eingang zur Umkleidekabine der Frauen befindet. Sie werden einen kurzen Blick auf die Männer werfen, wie sie mit Inbrunst und schmerzverzerrten Gesichtern viel zu schwere Gewichte rauf und runter drücken und ein gepresstes «Argh!» von sich geben oder wortlos zischen. Beruhigt werden die Frauen feststellen, dass sie die Männer nie wirklich verstehen werden. Manche Dinge sind eben einfach so, wie sie sind.

Ich meinti deshalb: Lasst die Männer an die Hanteln und gebt den Frauen Gymnastik-Gummischläuche. So bleiben, bildlich gesprochen, beide Geschlechter unter dem Dach des Panthera vereint. Auch wenn dieses umgebaut wurde.

— Januar 2002 —
Roger hat mir daraufhin einen Protein-Shake offeriert.

# Man kann ja gehen.
## Oder nicht

Letzthin ass ich im Coop-Restaurant. Ich esse gerne dort, denn essen kann man im Coop schnell, günstig und ... naja, sagen wir: schmackhaft. Ich setzte mich zu zwei Teenager-Mädchen, die sich mehr dem Austausch von neuem Klatsch als ihrem Mittagessen widmeten und deshalb ziemlich beiläufig in ihren Pommes frites stocherten, während sie über Lippenstifte und Arbeitskolleginnen erzählten.

Was solls, dachte ich mir, es waren ja nicht meine Frites, die kalt wurden. Und so, wie die Mädchen über sie tratschten, Gott sei Dank auch nicht meine Arbeitskolleginnen.

Irgendwann kamen die beiden auf eine gemeinsame Kollegin zu sprechen. Die eine erwähnte deren Namen, und die andere erwiderte: «Ach, die hat auch schon ein paar Selbstmordversuche hinter sich», in einem Tonfall, als würde sie sagen: «Die Frites sind heute wieder mal viel zu wenig gesalzen.» Dann ergriff die Erste wieder das Wort: «Wieso? Passt ihr das Leben nicht?» Auch sie sagte das in einem Tonfall, als hätte sie «dann streu halt mehr Salz drauf» geantwortet.

Mir fiel zuerst mein Fisch von der Gabel, und dann fiel es mir wie Schuppen von den Augen: Was für eine bestechende Logik! Was für eine betörende Einfachheit! Wenn einem das Leben nicht passt, soll man sich umbringen. Das ist die Anwendung des Spruchs «Wenn es dir nicht passt, kannst du ja gehen» auf der nächsthöheren Ebene des Daseins: Wenn dir das Leben nicht passt, kannst du ja gehen – und zwar aus dem Leben.

Ich war so überrumpelt wie fasziniert von der Selbstverständlichkeit, ja von der Gleichgültigkeit, mit der das Mädchen diese Logik formulierte. Die Kollegin bringt sich um, weil ihr das Leben nicht passt, genauso, wie man die Pommes frites nachwürzen kann, wenn sie zu wenig gesalzen sind.

Natürlich würden die beiden Teenager-Mädchen das Ganze nie so lakonisch sehen, wie ich ihre Worte interpretiere. Trotzdem meint i ich, dass es gut tut, so dramatische Umstände auf eine so simple Logik zu reduzieren. Denn genau dieser Logik folgend, hat derjenige, dem das Leben nicht passt, die Wahl: Wenn er sich nämlich nicht umbringen will, kann er sein Leben ändern und muss also nicht sterben. Ebenso, wie man beim Spruch «Wenn es dir nicht passt, kannst du ja gehen» gar nicht gehen muss, wenn man aus der Situation das Beste macht. Womit bewiesen wäre, dass jeder jederzeit sein eigenes Leben selber gestalten kann.

Einen Tag später entdeckte ich im Coop-Restaurant die ersten Schoggi-Osterhasen. Noch einen Tag später fielen 15 Zentimeter Neuschnee. Ist das Leben nicht wunderbar?

— **März 2002** —

Notfälle Kinder- und Jugendpsychiatrie 2017
an der Psychiatrischen Universitätsklinik Zürich: 630

# Wo man am besten sein Heil sucht

Vergesst die Nummer 144! Vergesst die Dargebotene Hand, das Sorgentelefon und die Telefonseelsorge! Wenn ich Hilfe brauche, schaue ich im «Nidwaldner Blitz» nach. Da stehen nämlich alle Heilsbringer drin, die mir wirklich helfen können. Manche können mich sogar von Krankheiten heilen, von denen ich gar nicht wusste, dass man die haben kann.

Zum Beispiel Bruno Walter in seiner Tao-Naturheilpraxis in Kriens. Bruno hilft bei Schmerzen, Krankheit, Unfall, Allergie, Pilz und etc. Was etc. ist, weiss ich nicht. Aber mit Tao bringt man das sicher weg.

Oder Meier Hans in 6063 Stalden. Er beherrscht Selbst-, Tier- und Fernheilung. Und im Mondmattli 3 in Beckenried gibt es etwas oder jemanden, dessen Name so komisch chinesisch geschrieben und Sching Schung Schunddung oder so ähnlich ausgesprochen wird. Auf alle Fälle beherrscht man dort die hohe Kunst der Physio-Philosophie. Wer nicht weiss, was das ist, kann sich bei Kartenleger Claude unter Telefon 0901 22 20 12 für zweieinhalb Franken pro Minute danach erkundigen. Kartenleger Claude hilft übrigens auch bei Eheproblemen, falls Sie grad welche haben. Wenn nicht, können Sie sich immer noch eine andere Unpässlichkeit ausdenken und sich damit bei der Praxis für Lebensenergie an der Obergrundstrasse in Luzern melden. Die preist Aloe Vera zur inneren und äusseren Anwendung mit Reinheitszertifikat an. Aber heisst das, dass mir dort Kaktusblätter aus der Südsee mitsamt einem Schreiben von der Amtsstelle in den Rachen gestopft werden?

Dann doch lieber zur Firma Bushman's Oil mit der Telefonnummer 041 980 60 71, dort gibts Aloe Vera immerhin als Saft, den Liter zu 39 Franken. Auf dem Weg dorthin kann mir Petra Schürmann in

Hergiswil auch gleich eine medizinische Fusspflege angedeihen lassen. Und wenn ich nach so viel physiopodologischer Aloesaftenergetik nicht mehr weiss, wo mir der Kopf steht, wende ich mich vertrauensvoll an das Coggins Therapies College in Hergiswil. Dort wird mir nämlich nach der magischen Art der indischen Kopfmassage derselbe wieder zurechtgerückt.

Was ich jetzt meinti, liegt ja wohl auf der Hand: Ich fordere die Anerkennung des «Nidwaldner Blitz» als ultimativ gültiges Heilsbringerverzeichnis. Und ich fordere die totale Freiheit für jede Art von Krankheit.

Damit meine ich auch das Ausgehlokal Lagerhouse an der A2: Dort können Männer nämlich an der samstäglichen Schaumparty ihre allfällige Tittengrapschmanie durch ungehindertes Ausleben kurieren.

— **Mai 2002** —

Das Neuste: Kompressionsstrumpfberatung

# Eine Steinwelle, auf dem Kreuzegg gesehen

Vögel habens besser. Die machen flugs ein paar Flügelschläge, und schon können sie die Welt von oben ansehen. Sie erreichen dadurch eine Veränderung der Perspektive, für die wir Menschen erst mühselig unseren Standort wechseln müssen. Zum Beispiel, indem wir Berge raufkraxeln. Als vor ein paar Tagen bei mir wieder mal ein Perspektivenwechsel angesagt war, entschloss ich mich deshalb, das Stanserhorn zu erklimmen.

Okay, ich gebs ja zu: Ich kam nur bis zum Grillplatz Kreuzegg und zudem bequem mit dem Auto. Mehr noch: Ich brutzelte dort einen von Metzger Gabriels frischen weichen Landjägern im Feuer, ungeachtet des Umstands, dass mir das darin enthaltene Pökelsalz dereinst vielleicht Krebs bescheren könnte. Zufrieden setzte ich mich aufs Bänkli unter der Linde und erforschte meine Welt, die sich nun aus ganz anderer Sicht präsentierte. Da unten das Haus, in dem ich wohne. Der Dorfplatz, von dem aus ich so gerne aufs Stanserhorn raufschaue.

Die Abendsonne schien mir ins Gesicht, und ich erinnerte mich, dass dieselbe Sonne schon gestern so unterging und es morgen wieder so tun würde. Wenn die Erde eine Milliarde Jahre alt ist, dann ist die Sonne schon dreihundertfünfundsechzigmilliarden Mal genau dort untergegangen, wo heute der Pilatus steht. Und sie wird es nochmal so oft tun. Unbeirrt. Sie wird untergehen, egal, ob dann noch dieselben Kühe auf der Weide stehen werden. Und am nächsten Tag wieder aufgehen, egal, ob jemand den Kirschbaum gefällt hat. Spielte es bei solch beharrlichem Gleichmut der Natur überhaupt eine Rolle, ob ich auf dem Kreuzegg auf dem Bänkchen unter der Linde sass?

Der Bürgenstock mir gegenüber erhob sich majestätisch aus dem Boden, der Sonne entgegen ansteigend. Ich wusste, dass der Berg Millionen Jahre brauchte, um sich so hoch zu erheben. Und ich wusste auch, dass er in nochmal so vielen Millionen Jahren wieder flach sein würde, als hätte es ihn nie gegeben. Und je länger ich den Bürgenstock mit diesem Wissen um Zeit betrachtete, um so mehr wurde er zu einer gigantischen Welle aus Stein, die wie eine Welle aus Wasser aufsteigt und niedergeht. Dann wurde auch die Antwort auf meine Frage klar: Dass es nämlich letztlich überhaupt keine Rolle spielt, ob ich nun auf dieser Bank unter der Linde sitze und der Sonne beim Untergehen zuschaue. Im Gegenteil: Meine Unbedeutsamkeit unter der Sonne gab mir ein Gefühl ruhiger Zufriedenheit. Und ein Gefühl von Dankbarkeit.

Ich meinti, das war ein gutes Gefühl. Aber vielleicht war das alles auch eine Sinnestäuschung. Vielleicht verwandelt sich ja das Pökelsalz in Metzger Gabriels frischen weichen Landjägern im offenen Feuer in eine berauschende Droge. Ich werde das herausfinden: Wenn ich wieder mal meinen Standpunkt ändern will, werde ich im Tal bleiben und einen Landjäger essen. Oder ohne Landjäger auf die Spitze des Stanserhorns kraxeln.

— Juni 2002 —

Das waren 450 Wörter.

Lao-Tse sagt: Die Wahrheit kommt mit wenigen Worten aus.

Trumps Anwalt Rudolph Giuliani sagt: Wahrheit ist nicht Wahrheit.

# Mein neues Leben
# und was ich dann tun werde

So. Jetzt reichts. Hiermit entsage ich dem gutbürgerlichen Leben! Ich werde ab sofort nicht mehr von neun bis fünf einer geregelten Brotarbeit nachgehen. Nie mehr Feierabendfernsehen schauen und früh zu Bett gehen, nur um am nächsten Morgen ausgeruht im Stossverkehr stecken zu bleiben.

14

Ich lasse alle meine Aussteiger-Träume wahr werden und mache ab jetzt nur noch das, was ich schon immer tun wollte: mein eigenes Leben leben. Und zwar in folgenden drei Traumberufen.

**Büstenhalter.** Ich halte Ihre Büste. Büstenhalter wollte ich schon werden, als ich noch Teenager war. Jetzt mache ich ernst: Mieten Sie mich stunden- oder tageweise als lebender BH für jede Körbchengrösse und in jedem gewünschten Halt. Ich halte je nach Vorlieben von hinten oder von vorne, wie's Ihnen grad bequemer ist.

**Geheimnisträger.** Vertrauen Sie mir Ihr Geheimnis an. Was auch immer Sie mit sich rumtragen, was immer Sie bedrückt: Wenn Sie es loswerden wollen, wenn Sie die Last nicht mehr alleine tragen wollen, ohne jemandem Schaden zuzufügen: Dann wenden Sie sich vertrauensvoll an mich. Ich werde Ihnen ein geduldiger Zuhörer sein und Ihr Geheimnis für mich behalten.

**Warter.** Ich warte auf Sie. Wenn Sie zur Arbeit gehen und möchten, dass abends jemand zu Hause mit dem Nachtessen auf Sie wartet, dann rufen Sie mich an. Wenn ich mit einem Strauss Rosen unter der Laterne vor Ihrem Lieblingsrestaurant wie Ihr Liebhaber auf Sie warten soll: Ein Anruf genügt. Wir könnten dann ja auch gleich zusammen essen gehen. Sollte umgekehrt der Liebhaber zu nervös sein, um alleine auf seine Angebetete zu warten, dann würde ich warten helfen. Ich könnte dann ja auch gleich den Blumenstrauss halten, damit Sie Ihre Hände frei haben.

Ich biete mich aber auch alten Menschen an, die des Lebens müde sind, und warte mit ihnen ein paar Stunden auf den Tod. Oder auf den nächsten Morgen.

Ich meinti, das sind nicht nur gute Angebote, sondern auch faire: Das Büstenhalten und das Warten kosten nur 80 Franken pro Stunde, das ist viel weniger als ein Handwerker und noch viel weniger als ein Therapeut, zumal man für Tagespauschalen sozusagen Mengenrabatte aushandeln kann. Beim Geheimnistragen richten sich die Preise nach der Schwere des Geheimnisses. Rufen Sie mich an: Unter 079 – 754 80 83 bin ich jeweils abends erreichbar, oder ich rufe Ihnen zurück, wenn Sie mir Ihre Nummer per SMS schicken. So werden alle glücklich. Und ich beginne mein neues Leben. Ab jetzt.

**— Juli 2002 —**
Leider keinerlei Engagements erhalten. Melden Sie sich jetzt!

# Wahre Arbeit,
# wahrer Lohn

Börsencrash? Find ich toll! Ich mag die Meldungen über Rekord-Tiefs an den Börsen, und die Nachrichten über den Niedergang der Aktienwerte bereiten mir Vergnügen. Warum? Weil ich keine Aktien habe. Natürlich besitze ich hauptsächlich deshalb keine, weil mir das Geld fehlt, um mir welche zu kaufen. Aber auch wenn ich das nötige Münz hätte, würde ich keine Anteilscheine kaufen. Denn zu viele Aktien sind zu fiktiven, unrealen Werten geworden.

Die Kurskorrektur, die gerade an der Börse passiert, gibt mir das beruhigende Gefühl, dass am Ende die gute alte Arbeit eben doch mehr zählt als die New Economy. Oder etwas einfacher formuliert: Wer Geld verdienen will, muss dafür etwas leisten. Man kann nicht einfach zu einem Broker gehen, ihm 1000 Franken in die Hand drücken und dann warten, bis daraus 2000 Franken geworden sind, ohne dass die Firma, deren Anteilscheine der Broker gekauft hat, in der Realität nicht ebenfalls zur doppelten Grösse wächst. Aber genau das ist nicht passiert: Die Aktien werden zu unverhältnismässigen Preisen gehandelt, und die Gewinne sind deshalb genauso unrealistisch.

Ich meinti deshalb, dass zum Beispiel der Vorzeige-Finanz-Fachmann Martin Ebner mit seinen Visionen-Firmen am Börsencrash im Grunde gar kein Geld verloren hat. Auch wenn von Milliarden und Abermilliarden die Rede ist. Er verliert nur das fiktive Vermögen, das er vorher fiktiv erworben hat. Oder anders gesagt: Ebners Aktienkurse kommen wieder auf verhältnismässig realistische Dimensionen herunter.

Selbstverständlich wird Herr Ebner deshalb keinen Hunger leiden, und auch der Wein zu seinem Essen wird weiterhin ein edler sein. Denn Herr Ebner war schlau genug, andere für sich zahlen zu lassen. Während

Ebners Kleinanleger nun leer ausgehen, hat Ebner selbst sich genug für seine Dienste zahlen lassen. Und ob er nun am Ende viele Dutzend Millionen Franken auf seinem Sparkonto hat oder nur ein paar Dutzend Millionen Franken, das spielt bei solchen Beträgen keine Rolle mehr. Aber die kleinen Anleger, die werden sich jetzt wohl ärgern. Vielleicht auch deshalb, weil sie das Gefühl haben, verarscht worden zu sein. Oder noch besser: sich selber verarscht zu haben.

Genau deshalb bereitet mir die Börsen-Baisse Behagen: Ich gehe arbeiten und schwitze dabei realen Schweiss. Das ist sehr anstrengend, vor allem morgens beim Aufstehen. Aber dafür kriege ich Geld, das ich in den Händen halten kann. Und es beruhigt. Unrealistische Börsenkurse mit virtuellen Börsengewinnen sind mir zu wenig handfest.

— **August 2002** —

Am 11. Juli übersteigt der Dow-Jones-Index zum ersten Mal die Marke von 27'000 Punkten.

# Der Herr und ich

**D**ieses «Ich meinti» wird nicht vom Wellenberg handeln. Weil ich der Ansicht bin, dass Gegner und Befürworter inzwischen genügend geschrieben haben, um klar zu machen: Ein Nein ist nach wie vor die einzige Möglichkeit, sich nicht verarschen zu lassen.

**18** Heute reden wir von Gott und der Welt. Die irdischen Stellvertreter unseres Herrn haben ja ziemlich zu kämpfen gegen den Schwund der grossen Gottesfamilie. Immer mehr Schäfchen werden lieber Buddhisten, Satanisten oder sonstige Heiden, statt Trost und Heil in der für sie zuständigen Kirche zu suchen. Mutige Gottesmänner treten diesem Trend mit originellen Ideen entgegen. Zum Beispiel, indem sie mit Kutte Kickboard fahren, für Jugendliche Bet- und Wanderlager organisieren oder an Open Airs zwischen den Auftritten zweier Heavy-Metal-Bands predigen. Letzten Sonntag konnte man sich sogar zum ersten Mal in der Geschichte des Christentums per SMS übers Handy segnen lassen.

Eine tolle Idee, fand ich, und nutzte das neue Angebot gleich für eine Beichte. Die war sowieso längst überfällig.

O Herr, sprach ich also am Samstag gen Himmel, ich habe gesündigt. Ich habe geflucht und unzüchtige Gedanken gehabt. An der Arbeit habe ich meinem Vorgesetzten den Gehorsam verweigert und dem Hasen meines Nachbarn absichtlich schimmliges Brot zu fressen gegeben. Und ich habe im Koran gelesen. Wirst du mir vergeben?

Reumütig schickte ich das Codewort «Segen» per SMS an die Nummer 266 und wartete bangend auf den Sonntag.

Und der Herr war gütig: Am Stichtag um 10.59 Uhr schickte einer seiner Stellvertreter die Nachricht: «Gott liebt dich, sein Segen mache dich zu einem Friedensstifter!» Mit Ausrufezeichen. Ich war glücklich.

Dann sah ich, dass derselbe Segen noch auf Italienisch angehängt war. Flugs zählte ich also noch ein paar Sünden auf, die ich am Samstag vergessen hatte, übersetzte sie auf Italienisch und las dann in meinem Handy: «Dio ti ama, la sua benedizione faccia di te un artigiano di pace!»

Ich weiss, ich weiss, das war geschummelt. Ich hatte den italienischen Segen schon, bevor ich zum zweiten Mal gebeichtet habe. Darum habe ich nun ein neues Problem: Zwar bin ich jetzt frei von Sünde, dafür muss ich fortan mit dem gerechten Zorn Gottes rechnen. Aber ich habe vorgesorgt.

Als ich nämlich diesen Sommer zum Wurstbräteln im Flüeli-Ranft war, entdeckte ich im Bruder-Klaus-Pilgerladen eine kleine kitschige Blechplakette mit Plastikeinband, auf der geschrieben stand: «Ich bin Katholik. Bei Unfall bitte einen Priester rufen.» Die trage ich seither in meinem Portemonnaie. Und wenn mich nun als Strafe unseres Herrn aus heiterem Himmel der Schlag trifft und meine Seele ins Fegefeuer verstossen wird, so werden wenigstens meine sterblichen Überreste auf einem Gottesacker zur Ruhe gebettet. Und so bleibe ich trotz allem dem Herrn nahe. Und ich meinti, so bleibt wenigstens die grosse Gottesfamilie irgendwie zusammengehalten.

— **September 2002** —
Am 29. Juni 2019 beschliesst das Komitee für eine Mitsprache des Nidwaldner Volkes bei Atomanlagen MNA seine eigene Auflösung, weil das Ziel, die Verhinderung des Endlagers für schwach- und mittelradioaktive Abfälle im Wellenberg, erreicht ist.

# Vom Nutzen, Lottoscheine mit sich rumzutragen

Hin und wieder spiele ich Lotto. Aber nur, wenn mehr als eine Million Franken im Jackpot sind, und auch dann immer nur für den Mindesteinsatz von zwei Franken. Denn ich denke, wenn der Herrgott wirklich möchte, dass ich Millionär werde, dann ist es überflüssig, vier oder mehr Franken in mein Glück zu investieren. Zwei Franken also, und ohne Joker. Den Lottoschein stecke ich in meinen Hosensack, und dort bleibt er tage-, manchmal wochenlang, ohne dass ich meine Zahlen mit dem Ergebnis der entsprechenden Ziehung vergleiche.

Warum ich das tue? Weil ich mir in dieser Zeit immer vorstelle, ich sei Millionär geworden und wüsste es noch gar nicht. Das ist ein erhebendes Gefühl. Ich stelle mir dann manchmal vor, wie ich meine Million abholen würde. Wie ich dann sofort auf eine Weltreise gehen würde. Und wie ich, wieder zu Hause, eine Villa mit Swimmingpool bauen und ein Schosshündchen mit Stammbaum shoppen würde.

Okay, natürlich sind das Träumereien, denn wenn ich tatsächlich einen Sechser im Lotto hätte, würde ich zuallererst irgendwo einen Kaffee trinken gehen und in aller Ruhe mein Glück geniessen.

Ich mach das übrigens mit allen Coupons und Gutscheinen so: Ich bewahre sie in einer Schublade auf. Die besonders wertvollen pinne ich an die Kühlschranktür: einen Reisegutschein im Wert von 500 Franken. Eine Einladung für ein feines Dinner. Ein Coupon für eine Retourfahrt auf das Stanserhorn. Und jedes Mal, wenn ich etwas aus dem Kühlschrank nehme, werde ich daran erinnert, was für ein glücklicher Mensch ich doch bin. Dummerweise lasse ich die meisten Gutscheine so lange hängen, bis ich sie nicht mehr einlösen kann: Die Fahrt auf das Stanserhorn hätte ich letztes Jahr machen sollen, und der Reisegutschein war nur bis Februar 2000 gültig. Das ist ärgerlich.

In den seltenen Momenten, in denen ich mir eingestehe, dass ich es dauernd verpasse, mein Glück einzulösen, überkommt mich immer eine seltsame Melancholie. Vielleicht hätte ich einen Freund fürs Leben kennengelernt, wenn ich in diese Reise gemacht hätte. Vielleicht hätte ich auf dem Stanserhorn meinen zukünftigen Arbeitgeber getroffen. Dann tröste ich mich damit, dass wenigstens Lottoscheine jahrelang gültig sind.

Ich meinti, so haben Lottoscheine sogar einen doppelten Nutzen: Einerseits kann ich mir vorgaukeln, ich wäre Millionär und wüsste es bloss noch nicht, und anderseits habe ich sowieso lieber das eventuelle Glück im Hosensack als das abgelaufene an der Kühlschranktür.

Meine Freundin Anita lacht mich natürlich deswegen aus, und sie hat ja sogar recht. Aber was soll ich tun, das Leben ist hart und Lotto verheisst Glück. Anita hat übrigens letzte Woche für zehn Franken Lotto gespielt und prompt zwei Dreier richtig getippt. Sie hat mich daraufhin zum Kaffee eingeladen.

— **Oktober 2002** —

Rekordgewinn Euromillions: 229'484'090.– am 24. Oktober 2014.
Die Zahlen: 3, 9, 20, 30, 42. Die Sterne: 1,6. Habe einmal mehr falsch getippt.

# Vom Strahlen
# der Kioskfrauen

Kioskfrau ist ein toller Beruf. Kioskmann natürlich auch, aber von denen gibts so wenige. In welchem Beruf hat man es denn sonst mit so vielen Leuten zu tun? Den ganzen Tag über kommen Kunden, kaufen oder chrömlen etwas, und wenn sie bezahlt haben, bedanken sie sich freundlich und wünschen der Kioskfrau einen schönen Tag. Wenn man von so vielen Leuten einen schönen Tag gewünscht bekommt, dann scheint einem im Herzen ganz bestimmt die Sonne.

Manchmal bin ich allerdings ziemlich erstaunt. Dann kaufe ich mir einen Kaugummi mit Abziehbildli oder ein Heft für die bevorstehende Zugfahrt, bezahle, sage danke und wünsche einen schönen Tag. Aber die Kioskfrau schaut mich an, als hätte sie gerade alle ihre supersauren Fruchtgummis auf einmal in den Mund gestopft.

Ja, Himmel, denke ich dann, kann man denn überhaupt so viele super-sauren Fruchtgummis auf einmal essen? Wo es doch zu denen nicht mal Abziehbildli gibt. Ein Kontrollblick auf die Auslagen zeigt mir dann aber, dass die Gläser und Schalen alle noch voll sind. Es muss also einen anderen Grund geben für die saure Miene der Kioskfrau.

Letzten Montag ist mir dieser Grund endlich klar geworden: Mir war an diesem Tag viel Gutes widerfahren, und das war mir ein Chrömli wert. Doch gerade als ich nach einem Schokoriegel fragen wollte, drängte sich ein Typ vor und sagte in einem etwas barschen Ton: «Ein Camel Mild.» Die Kioskfrau sagte «gerne» und gab ihm die verlangten Zigaretten. Der Typ drückte der Kioskfrau wortlos einen Fünfliber in die Hand. Dann nahm er ebenso wortlos das Retourgeld entgegen, ergriff seine Milden Kamele und ging. Ohne Gruss. Plötzlich war mir alles sonnenklar.

Ich meinti, die Kioskfrau machte deshalb eine saure Miene, weil der Typ vergessen hatte, ihr einen schönen Tag zu wünschen. Wahrscheinlich hatte ihr schon seit Stunden kaum jemand einen schönen Tag gewünscht. Kein Wunder zog die Kioskfrau ein Gesicht wie sieben Tage Regenwetter.

Tatsächlich. Seit ich das bemerkt habe, fällt mir fast jeden Tag auf, wie oft die Leute am Kiosk vergessen, danke zu sagen und einen schönen Tag zu wünschen.

Ach ja, jetzt hat ja wieder die Zeit angefangen, in der man sich und die anderen ein bisschen mehr liebhat als sonst. Ich habe deshalb begonnen, dem Lokführer «danke und gute Nacht» zu sagen, wenn ich abends in Stans aus dem Zug steige. Und weil es mir so gefällt, wie dem Lokführer jeweils ein erfreutes Lächeln übers Gesicht strahlt, werde ich ihm wohl auch im Januar und im Februar «danke und gute Nacht» sagen.

— **November 2002** —
Machen Sie den Test an jeder bedienten Kasse:
Schauen Sie grimmig, und Sie werden ebenfalls grimmig angeschaut.
Lächeln Sie, und ein Lächeln kommt zurück. Funktioniert immer.

# Das Langeweile-Experiment

**A**ls ich letzthin Ferien hatte, beschloss ich eines Tages nach dem Ausschlafen, mich zu langweilen. Immerhin war ich schon fast die Hälfte meiner Ferienzeit mit dem Erledigen verschiedenster Arbeiten beschäftigt: Wieder mal gründlich Staub gesaugt, endlich den Wellensittichkäfig ausgemistet, die Jeans geglättet, Sie wissen schon.

Wenigstens was den Körper betraf, hatte ich mich schon halbwegs in Stimmung gebracht, indem ich drei Wochen vor Ferienbeginn aufgehört hatte, sportlich zu trainieren. Ich ging weder joggen noch schwimmen noch sonstwas, und vor meinem geistigen Auge sah ich mich deshalb schon beunruhigt schuldbewusst mit abgeschlaffter Oberarm-Muskulatur. Und was den Kopf anging, so hatte der noch gar nicht gemerkt, dass ich Ferien hatte, weil er weiterhin den ganzen Tag an irgendwelchen Wichtigkeiten rumstudierte. Ich hatte also gar keine andere Wahl: Ich musste mich so sehr langweilen, dass sogar mein Kopf leer wurde.

Beim Frühstück konnte ich mich nicht langweilen, weil da musste ich ja essen. Danach setzte ich mich ins Restaurant nebenan und vertiefte mich bei kolumbianischem Kaffee und einer kubanischen Zigarre in die Lektüre eines Reisejournals. Da waren so schöne Bilder von schneeweissen Sandstränden und wasserblauen Bergen drin, dass ich am Ende ganz müde war von meinen Gedankenreisen. Zum Glück rief genau in diesem Moment meine Kollegin Manuela an und sagte mir, sie hätte jetzt grad Zeit für meinen seit längerem nötigen Haarschnitt. Nun konnte ich mich schon wieder nicht langweilen.

Aber mit kurzen Haaren war ich um so entschlossener. Ich setzte mich zu Hause auf mein Sofa und weigerte mich, irgend etwas zu tun. Ich weigerte mich sogar, sinnvolle Gedanken zu Ende zu denken. Dann fing ich an, mich zu langweilen. Es war schrecklich. Und es wurde immer schrecklicher: Ich langweilte mich ganz fürchterlich. Am schlimmsten war, dass ich mich langweilte und mich gleichzeitig darüber ärgerte, dass ich in dieser Zeit zum Beispiel einen Brief hätte schreiben können. Oder endlich abwaschen. Oder wieder mal meine Mutter anrufen.

Nach zwei Stunden hielt ich es nicht mehr aus. Ich drückte die Fernbedienung und schaute mir im Fernsehen einen Film an. Einen langweiligen zwar, aber ich hatte immerhin etwas zu tun.

Als die Ferien zu Ende waren und ich wieder im Büro arbeitete, dauerte es nur einen halben Tag, bis ich das Gefühl hatte, ich sei nie fort gewesen. So viel Arbeit. Deshalb habe ich auch gleich wieder angefangen zu jammern, wie dringend ich mehr Freizeit brauche. Aber ich meinti, seit meinen letzten Ferien fühle ich mich bei diesem Gedanken immer eigenartig beschwingt.

— **Januar 2003** —

Am 30. Januar 2003 toben Schneestürme über Europa.
Sogar auf der Ferieninsel Mallorca schneits.

# Wie Männer ungemütlich leben müssen, bloss weil sie Männer sind

Wir Männer habens ja auch nicht mehr einfach heutzutage. Die Freude an unserem Dasein als Herren der Schöpfung ist inzwischen dermassen getrübt, dass wir schon kleine Zugeständnisse an unsere Art feiern wie grosse Erfolge. Mein Freund Klaus zum Beispiel fiel mir vor ein paar Tagen freudestrahlend um den Hals, weil er seine Frau beim Telefonieren belauscht hatte. Er hatte gehört, wie sie zu ihrer Mutter sagte: «Ach weisst du, Mutti, Klaus soll ruhig wieder mal mit seinen Freunden ein Bier trinken gehen. Ihm bleibt ja nicht mehr viel übrig, wo er noch richtig Mann sein kann.» Klaus war glücklich.

Und seine Frau hat recht. Die einzigen Bereiche, wo Männer heute noch ungestört unter sich sein können, sind die Jagd und die Homosexualität. Und vielleicht die Klimaforschung in der Antarktis. Aber das ewige Eis ist nicht jedermanns Sache.

Alles andere haben die Frauen uns mächtig vergrault. Wir dürfen nicht mehr im Stehen pinkeln und müssen «Schöner Wohnen» lesen statt «Playboy». Wir dürfen keine Haare mehr am Rücken haben und müssen Sonntagabend im Fernsehen Ballett gucken statt Western. Das ist hart für uns Männer. Aber immerhin noch machbar, weil das alles klare Anweisungen sind.

Schwieriger wirds, wenn die Frauen keine richtigen Befehle erlassen. Sie wollen zum Beispiel einen Mann mit zarten Händen, aber derselbe Mann muss einen Baum mit einem Beil zu Brennholz schlagen können. Sie wollen einen Mann, der möglichst viel Geld verdient, aber derselbe Mann muss Tag und Nacht mit den Kindern spielen und zu Hause Einbrecher verscheuchen.

Solche Befehle sind uns Männern nicht klar genug und machen uns das Leben schwer, ohne dass wir genau verstehen warum.

Zugegeben, die Frauen habens ja auch nicht einfach bei so vielen Entscheidungen, die sie den ganzen Tag über fällen müssen. Welches Make-up welchen Beruf wie viele Kinder welches Zweitauto was kochen ... und wie immer sie sich entscheiden, sie müssen dabei immer ganz Frau bleiben. Das ist jetzt modern. Manche Frauen beschweren sich ja inzwischen schon in Talkshows darüber, dass sie vor lauter Frausein lesbisch geworden sind. Wie sollen wir Männer uns denn da zurechtfinden?

Mein Freund Hanspeter sieht das ganze Problem sehr einfach: Er ignoriert es. Ein Mann, sagt er, müsse so hart sein wie das Leben. Alle anderen sind für ihn Memmen. Er bezeichnet sie wie die jungen Herbstkatzen, die die ersten Tage nach der Geburt nicht überleben: Herbschtverrecklig.

Ich meinti, jeder Mann soll so sein, wie er gerne sein möchte. Nur sollte ihm sein Dasein so klar sein wie die Befehle, die die Frauen uns geben.

— **Februar 2003** —

Zu Risiken und Nebenwirkungen des Mannseins konsultieren Sie das Mannebüro.

# Über Vögel und
# was die so tun

M eine beiden Wellensittiche habens einfach. Wenn einer von beiden Lust auf Schnäbeln hat, wackelt er lustig mit dem Kopf rauf und runter und kriegt dicke weisse Ringe um die Augen. So weiss der andere haar- beziehungsweise federgenau, was der erste Vogel will: schmusen. Wenn nun der zweite Wellensittich ebenfalls Lust auf Schnäbeln hat, reiben die beiden ihre Schnäbel aneinander und zwitschern dabei so vergnügt, dass sie mich beim Fernsehen stören und ich mich – auch aus Gründen der Diskretion – ins Schlafzimmer verziehe. Dort lese ich dann zum Beispiel ein Buch.

Bei uns Menschen klappt das nicht so eindeutig mit den Signalen: Ringe um die Augen sind bei den Männern Zeichen der Überarbeitung, und bei einer Frauen signalisieren sie nichts weiter, als dass sie die Kunst des Schminkens nicht versteht. Und wer fröhlich mit dem Kopf wackelt, wird höchstens für einen schrägen Vogel gehalten.

Auch andere Zeichen aus dem Tierreich funktionieren nicht. Aufgestellte Nackenhaare zum Beispiel, aufgeblasene Backen oder ein roter Hals haben bei uns nichts mit Balz zu tun. Wir Menschen müssen uns auf andere Methoden konzentrieren. Dummerweise sind diese aber meistens ziemlich unklar. Vor allem bei Männern, denn trotz 30 Jahren Frauenbefreiung müssen meist noch immer Männer das Werben übernehmen. Sie investieren zum Beispiel den Inhalt ihres Portemonnaies und spendieren der Umworbenen ganze Abende lang Drinks – was die Frau dann aber als blosses Abfüllenwollen interpretiert. Oder als dummes Geprotze. Männer quasseln die Umworbene voll mit geistreichen Witzchen und geben stundenlang den Hofnarren – was die Frau aber nur als blosse Unterhaltung wertet. Oder als dummes Gelaber.

Hin und wieder kommt es tatsächlich vor, dass Frauen werben möchten. Was sich aber meistens darin erschöpft, dass sie an einer Theke sitzen und still vor sich her warten, bis sie von einem geeigneten Schmusepartner bemerkt werden. Was eindeutig kein eindeutiges Zeichen ist.

Kein Wunder bekunden Menschen zunehmend Mühe mit der Suche nach Schmusepartnern. Ausgerechnet, wo doch grad der Frühling begonnen hat. Immerhin, ein Trost bleibt: Johann W. von Goethe, Ratgeber fürs Leben und leider schon lange tot, schrieb in einem seiner Gedichte: «Lasst es uns den Vögeln gleich tun.»

Der Pop-Star Michael Jackson nimmt sich Goethes Ratschlag zu Herzen: In seinen Videos ruckelt er immer heftig mit dem Kopf. Mehr noch: Er rudert mit den Armen und schüttelt die Beine. Jackson teilt der ganzen Welt unmissverständlich mit: Er will schmusen. Dass Jackson selbst das lieber mit seinem Schimpansen tut, ist dann wieder eine andere Geschichte. Aber seine Botschaft ist klar.

Und weil ich persönlich der Natur nicht gern im Wege stehe, werde ich es ab sofort Michael Jackson gleichtun. Wenn mir also in Zukunft der Sinn nach Schmusen steht, gehe ich dorthin, wo sich Frauen aufhalten. Dann werde ich gut sichtbar mit dem Kopf wackeln, mit den Armen rudern und die Beine schütteln. Und damit mich niemand mit Michael Jackson oder mit meinen Wellensittichen verwechselt, werde ich mir überdies in den Schritt greifen, meiner Angeturtelten tief in die Augen sehen und ihr sagen: Yeah Baby!

— **April 2003** —

Dreizehn Jahre später rappt Bligg «Yeah Baby», meint damit aber, dass er die Weltherrschaft übernommen hat.

# Vom Streben, so zu werden wie die Schildkröten

Die Frau Christen hat mir einen Brief geschrieben. Es geht darin um Partnerschaft und die Notwendigkeit, sich zu entscheiden. Sie meint, dass viele Menschen in ihren Beziehungen sowohl die totale Freiheit wollen als auch die Sicherheit derer, «die in einem so genannten Käfig leben». Und dass ich mir mal darüber Gedanken machen soll.

Das hab ich getan, und die Schlussfolgerung lautet: Solche Leute wollen den Fünfer und das Weggli, und sie haben offensichtlich nicht begriffen, dass das heute trotz gegenteiliger Werbung genauso wenig funktioniert wie früher.

Das war einfach.

Nun mache ich mir auch Gedanken zu Fragen, auf die die Philosophen sämtlicher Kulturen bis heute keine Antwort herausgefunden haben. Zum Beispiel, warum es in der Gebärdensprache der Autofahrer keine Geste für «Entschuldigung» gibt, die man beispielsweise anwenden könnte, wenn man grad um ein Haar einen Fussgänger umgenietet hat. Oder warum Mütter gegenüber ihren Kindern nie in Ich-Form reden. Sie sagen «'s Mami muss jetzt telefonieren» statt «ich muss jetzt telefonieren».

Und jahrelang habe ich mir den Kopf zerbrochen über die Frage, was wohl eine Schlange denkt, wenn sie stundenlang reglos in der Sonne liegt. Letzten Monat habe ich mich entschieden, dass die Antwort absolut simpel ist: Sie denkt nichts. Wenn die Schlange ein bisschen rumgekrochen ist und eine Maus gefressen hat, dann liegt sie einfach da und denkt nichts. Schlangen habens gut.

Noch besser habens Schildkröten. Das einzig Wilde in ihrem Leben ist das Gras, das sie fressen. Sie haben keine Feinde und sind niemandes Feind, deshalb sind sie den ganzen Tag damit beschäftigt, nichts zu denken. Und wenn man ihnen genau ins Gesicht schaut, sieht es aus, als würden sie dabei lächeln.

So gesehen sind Schildkröten geborene Buddhisten. Sich selbst genügend. Vielleicht sind Schildkröten sogar die letzte irdische Daseinsform vor dem Eintritt ins grosse Nirwana. Wer von uns also ein guter Mensch ist und Zorn, Neid und Wollust überwunden hat, der wird in seinem nächsten Leben eine Schildkröte und gelangt dann ins Nirwana.

Womit wir wieder beim Brief von Frau Christen wären. Ich meinti, wer Freiheit und Sicherheit gleichzeitig will, wer den Fünfer und das Weggli miteinander will, wird in seinem nächsten Leben mit Garantie keine Schildkröte. Und das gilt nicht nur bei Beziehungen.

— Mai 2003 —

Unterstützen Sie das Olive Ridley Project:
oliveridleyproject.org

# Extreming

Das Leben ist hart, wenn wir uns in unserer Freizeit nicht langweilen wollen. Wir müssen uns unentwegt anstrengen, um beschäftigt zu bleiben, und erfinden deshalb laufend neue Tätigkeiten. So verhindern wir, zur Ruhe zu kommen, denn das wird heutzutage als etwas ziemlich Beunruhigendes angesehen. Und je beschäftigter wir sind, umso klingender sind die Namen, die wir für all die neuen Tätigkeiten erfinden.

Zum Beispiel Walking. Das ist leicht beschleunigte Fortbewegung zu Fuss und wirkt ziemlich freizeitsportlich, also beschäftigt, und weil man es englisch ausspricht auch gleich noch irgendwie modern. Schliesslich will man sich auch abgrenzen vom herkömmlichen Sonntagsspaziergänger. Mit ihren bunten Frottee-Stirnbändern und überteuerten, dafür stufenlos verstellbaren Leichtmetall-Wanderstöcken wirken Walker sogar noch eine Spur ausgelasteter als die Jogger mit ihren rot angelaufenen Gesichtern.

Weil aber Walking, der Logik des Trends folgend, spätestens nach drei durchgeschwitzten T-Shirts schon wieder langweilig wird, muss zum vierten T-Shirt der Unterhaltungswert gesteigert werden. Das kann man beispielsweise mit neuen Hosenfarben oder mit einer Vereinfachung des Walking-Wettkampf-Reglements auf Stufe Semi-Professionals. Noch viel einfacher aber ist eine Umbenennung: Man sagt dann einfach Extreme Walking. Extrem-Walker tun dann dasselbe wie vorhin, aber sie fühlen sich dabei extrem nicht gelangweilt.

Das tönt nach Lautmalerei, aber es hat durchaus sein Gutes: Der Umstand, dass man sich grundsätzlich bei allen Tätigkeiten in deren Extremform beschäftigen kann, macht Langeweilern wie mir sowohl den Anschluss an den neuen Trend als auch das Leben insgesamt leichter: Ich mache jetzt einfach alles, was ich schon vorher getan habe, extrem.

Also statt wie bisher schnöde auf acht Rädern zu rollen, betreibe ich jetzt Extrem-Rollerbladen. Was noch besser ist: Ich mache das englisch. Extreme Rollerblading. Aus dem sonntäglichen Ausschlafen wird dann Ausschlafing beziehungsweise Extrem-Ausschlafing. Extrem-Fernsehgucking und Extrem-Bücherlesing und Extrem-Mittagessenkoching.

So bleibt für mich alles beim Alten, trotzdem bin ich jetzt wieder bei den Leuten und total hip und deshalb voll im Trend. Darum gehe ich gleich noch einen Schritt weiter: Ich setze meinem neu gewonnenen modernen Dasein die Krone auf, indem ich das Extreme selbst zur Lebensform erhebe. Ich mache Extreming. Alles, was ich tue, sage und denke, ist eben extra-extrem. Ab sofort.

Wenn ich also das nächste Mal beim Stammbeizing mit Extremsportfreunden zusammensitze und mich einer fragt: «Und was tust du so?», dann antworte ich einfach: «Ich mache Extreming.» Das heisst, allein schon der Umstand, dass ich in meiner Stammbeiz sitze, ist Extreming.

Und schon bin ich dermassen im Trend, dass ich der Allertrendigste aller Trendigen bin, und trotzdem kann ich in ungestörter Gemütsruhe weiterhin genau das tun, was ich schon immer getan habe. Und wenn der Sportsfreund in der Stammbeiz sagt: «Aber das ist ja gar nichts», dann meinti ich seelenruhig: «Das ist eben Extreming.»

— Juni 2003 —

An der Skiweltmeisterschaft in St. Moritz 2003 haben sich die Landeskirchen auf dem «Campus für Christus» zum ersten Mal im Sportbereich engagiert.

# Eine bessere Welt
# dank Vakuumiermaschinen

**M**ein Vater ist mein Held. Er gibt Kochkurse. Und wenn seine Schüler mehr kochen, als sie danach essen, packt er die Resten in Beutel, vakuumiert sie und bringt sie zu mir. «Hier, Sohn», sagt er dann, «etwas zu essen.» Noch siebzehn Jahre nach meinem Auszug aus dem Elternhaus strahlt er dabei die Zufriedenheit eines Ernährers aus, der die Seinen satt kriegt. Während ich für meinen Teil freudig auf den Beuteln rumdrücke und die Hühnchen in Weinsauce als das Convenience Food meines Vertrauens bezeichne.

Ich mag Vakuumierbeutel. Luftdicht verschweisst, ist der Inhalt hermetisch von der Umwelt abgeriegelt und somit länger haltbar. Deshalb stelle ich mir manchmal vor, wie es wäre, zum Beispiel meine Lieblingsbücher zu vakuumieren. Sie wären dann gegen Staub und Zerfall geschützte Dokumente statt stumme Staubfänger. Und meine getragenen Stinksocken könnte ich so lange vakuumieren, bis ich Zeit hätte, sie zu waschen.

Überhaupt würde ich meine halbe Umwelt vakuumieren. Zum Beispiel meine Wellensittiche, wenn sie zu laut turteln. Oder kläffende Hunde. Und die beiden Zeugen Jehovas, die schon zum dritten Mal in zwei Wochen frühmorgens an meiner Türe klingeln. Kurz: Allem, was mir auf die Nerven geht, würde ich die Luft entziehen. Einfach auf die Maschine legen, vakuumieren, und mein Seelenfrieden wäre wiederhergestellt. Mehr noch: Ich könnte eine Sammlung meiner vakuumierten Ärgernisse einrichten.

Jeder Besitzer einer Vakuumiermaschine könnte eine Sammlung der luftdicht verschweissten Sachen anlegen. So könnte man zweimal im Jahr eine grosse Austauschbörse der vakuumierten Ärgernisse durchführen.

Ich könnte dann zum Beispiel meine beiden Zeugen Jehovas loswerden im Tausch gegen einen links-grünen Politiker, den ein SVP-Wähler vakuumiert hat. Jodler könnten vakuumierte Kuhglocken ergattern. Und Heavy-Metaller mit Sinn fürs Dekorative hätten plötzlich Jodler in Plastik im Keller stehen.

Bei soviel Austauschtätigkeit müsste man allerdings sämtliche verschweissten Beutel penibel beschriften und einteilen. Zum Beispiel in die Kategorien «Ärgernisse» und «Eingetauscht». Ich persönlich hätte dann überdies immer noch die Restenbeutel von den Kochkursen meines Vaters. Die könnte ich mit «Essbar» anschreiben. Was sicherheitshalber die Kategorie «Essbar, eingetauscht» nach sich ziehen würde, damit ich mich nicht ungewollt an nahrhaften Ärgernissen anderer laben würde.

Ich meinti, so wäre die Welt endgültig befreit von jeder Art von Unannehmlichkeit und sicher ein ganzes Stück besser als jetzt. Doch was ist, wenn jemand mich vakuumieren will?

— Juli 2003 —

Wären wir ungeschützt im Weltall, würde uns dessen Vakuum
zuerst aufblasen, dann würde das Blut kochen und die Lunge reissen.
Aber keine Angst: Man würde vorher erfrieren.

# Ich war eine Peking-Ente

Nicht genug damit, dass in der Werbung für Schweizer Produkte die englische Sprache vorherrscht. Es reicht noch nicht, dass hier zu Lande Spielzeuge mit britischem Wortwitz gepriesen werden, den nicht mal Briten lustig finden. Jetzt tätowieren sich die Leute auch noch auf Japanisch! Oder Arabisch. Vielleicht sind es auch Schriftzeichen aus dem Sanskrit, das ist ja für uns Bergler immer so schwer zu unterscheiden. Auf alle Fälle tätowieren sich die Leute freiwillig mit Buchstaben einer Sprache, die sie weder sprechen noch verstehen, und zwar wahlweise aufs Genick, auf die Oberarme oder die Unterschenkel. Die ganz Mutigen lassen sich sogar den Rücken von oben bis unten vollschreiben wie ein chinesisches Kochbuch.

Normalerweise beschreiben diese Zeichen Eigenschaften, die sich deren jeweilige Träger anzuzeigen wünschen oder bereits zu besitzen glauben. Kraft zum Beispiel, Liebe, himmlische Schwerelosigkeit, Vertrauen, Frieden (Peace), die Kraft des Löwen, wobei zu Letzterem zu bemerken wäre, dass es weder in Japan noch in China Löwen gibt.

Solche Tätowierungen sehen dann immer irgendwie abenteuerlich und dekorativ aus und heben sich von der unüberschaubar gewordenen Flut aussageloser und bedeutungsloser Hautbilder ab.

Doch wenn die Träger selbst ihre eingestochenen Symbole nicht lesen können: Was ist, wenn sich der Tätowierer einen Scherz erlaubt hat? Wenn er statt des gewünschten chinesischen Zeichens für Ewigkeit etwas ganz anderes unter die Haut schreibt? Dann steht der Tätowierte da, und auf seiner Schulter steht zum Beispiel: Ich bin eine Peking-Ente. Oder: Räumungsschlussverkauf. Und der bedauernswerte Gestochene weiss von nichts und wundert sich, warum die Chinesen immer lächeln, wenn sie ihn sehen. Oder die Japaner. Oder die Thailänder, das ist, wie schon gesagt, für uns Bergler nicht einfach zu unterscheiden.

Mir jedenfalls wäre es viel zu riskant, mich von einem Japaner tätowieren zu lassen. Handkehrum: Sich in der Muttersprache und fehlerfrei Eigenschaften auf dem Rücken zu verewigen, sieht ja auch nicht wirklich sexy aus. Stellen Sie sich vor: «Freiheit» auf den Schulterblättern in der Schrift New Times Roman. Oder «kosmisches Schicksal» auf den Waden in Helvetica Grotesk ...

Ich meinti deshalb, dass ich mir dann doch lieber eines dieser orientalisch oder keltisch wirkenden Muster stechen liesse, so, wie es viele mutige Männer auf den Oberarmen und noch mehr wilde Teenager-Mädchen im Kreuz tragen. Das wäre dann zwar so bedeutungslos wie ein Tropfen Wasser im See. Und ich würde dann auch aussehen wie ein schlecht geschmiedetes Jugendstil-Gartentor. Aber immerhin könnte mir niemand Peking-Ente auf die Haut schreiben.

— **August 2003** —

感謝您閱讀本專欄.

# Wie ich plötzlich kollabierte

Tagelang, ja wochenlang hatte ich hart und bis spät in die Nacht gearbeitet und eine grosse Arbeit über die positive Wirkung der Nächstenliebe auf die geistige Gesundheit pünktlich abgeliefert. Erlöst setzte ich mich in ein Gartenrestaurant, doch statt bierperlender Erfrischung machte sich in mir schlagartig bleierne Erschöpfung breit. Es wäre mir Trost genug gewesen, wenn ein Freund mir mitfühlend auf die Schultern geklopft und mich ein armes Schwein genannt hätte. Aber erstens war keiner da, weil es mitten am Nachmittag war. Und zweitens setzte sich eine Stunde später der Falsche an meinen Tisch. Dieser lehnte sich in seinem Stuhl zurück, als hätte er sich grad eine Cohiba Espléndido angezündet, und verlautbarte mit gönnerhafter Miene: «Du hast den Burnout, mein Lieber.»

Ich liess das ohnehin lau gewordene Bier mitsamt dem nutzlosen Freund stehen beziehungsweise sitzen und schlug zu Hause in einem Wörterbuch nach. Burnout: Gefühl des Ausgebranntseins, chronische Erschöpfung. Zwei Drittel der Bevölkerung sind gefährdet. Siehe auch Dysthymie. Was man dagegen tun kann: ausspannen, bewegen.

Ich entschied mich für Letzteres, schlüpfte in meine Laufschuhe und rannte so lange durch die Gegend, bis mir der Rücken schmerzte. Fast die Hälfte der Schweizer leidet übrigens an Rückenschmerzen, das hatte ich mal in einer Illustrierten gelesen.

In der Nacht konnte ich vor lauter Weh an den Wirbeln nicht schlafen. Ich stand auf und suchte in meinem Medizinbuch nach Rat. Ein Viertel der Menschen leide unter Schlafstörungen, stand darin, und: siehe auch Zappelphilipp-Syndrom. Beim Blättern zu Z stiess ich auf das Wort Tigerkäfig-Syndrom: Hierbei fühle man sich wie ein eingesperrter Tiger und wolle ausbrechen. Bin ich deshalb wie ein Wilder gerannt, weil ich unbewusst am Tigerkäfig-Syndrom leide? Ich wurde unsicher. Mein Bauch begann zu blubbern. Herrje, dachte ich: Reizdarm! Davon hatte ich schon im Radio gehört. Sofort rannte ich aufs WC. Dort bekam ich Schluckauf. Noch schlimmer, dachte ich, Reflux. 51 Prozent der Bevölkerung leidet an Reflux. Jetzt auch ich.

Das war das Ende. Burnout und Dysthymie, Rückenschmerzen, Schlaflosigkeit, Tigerkäfig, Reizdarm und Reflux. Statistisch gesehen war ich ein toter Mann! Wäre ich eine Frau – ich hätte das Ganze als prämenstruelles Syndrom abtun können. Aber als Mann blieb mir insgesamt nur die Wahl zwischen Aging-Male-Syndrom und Leisure Sickness, aber für beides bin ich noch zu jung. Ich kollabierte quasi schlaganfallartig in einen Koma-Schlaf.

Am nächsten Tag schien die Sonne. Ich lebte noch. Mein Rückenweh war weg, mein Bauch ruhig. Ich meinti, ich fühlte mich gesund. Ich sagte Ja zum Leben. Frohgemut ging ich ins Dorf, wo ich eine Kollegin traf, der ich von meiner neu gewonnenen Zuversicht erzählte. «Du übertreibst», antwortete sie bloss, «du bist krank. Du leidest am Sissi-Syndrom.»

— **Oktober 2003** —

Im Mai 2019 anerkennt die Weltgesundheitsorganisation WHO Burnout nicht als Krankheit, sondern als Syndrom.

# Friede, Freude, Tierpark Goldau

Dass wir an Wochenenden nicht arbeiten müssen, ist ja toll. Aber der Luxus geht noch viel weiter als Nichtstun: Wir können uns Zeit nehmen, über Dinge nachzudenken, an die wir sonst vor lauter Alltag keinen Gedanken verschwenden würden. Als ich zum Beispiel neulich den Tierpark Goldau besuchte und solange den Wildschweinen zugeschaut hatte, bis ich selber mit der Nase wackelte, fing ich an, die Menschen zu beobachten. Es war sonderbar: Hunderte von Kindern stopften vor Vergnügen kreischend den Rehen Trockengraswürfel ins Maul, während deren Eltern mit einem seligen Lächeln im Gesicht leere Kinderwagen vor sich hin stiessen und über Restmengen an warmem Lindenblütentee in ihren Thermoskannen diskutierten. Es war jedoch nicht diese fast spürbar durch den Park wabernde Harmonie junger Familien und alter Paare, die mich irritierte. Es war etwas anderes. Es war … das offensichtliche Fehlen von Störfaktoren. Von Disharmonie. Keine Mutter schrie entnervt ihr Kind an, kein Paar stritt sich beim Spazierengehen über die Hausordnung, kein Mann weit und breit, der irgend jemandem Prügel androhte. Kurz: Die kräftezehrende Mühsal des Alltags war ausgeblendet. Alle Menschen waren zufrieden und alle Rehe satt.

Inzwischen war ich beim Fuchsgehege angelangt und schaute zu, wie Meister Reineke die Menschen beobachtete, die ihrerseits ihn beobachteten. Nun begann ich nachzudenken. Wenn es möglich ist, dass Menschen im Goldauer Tierpark mit sich und den anderen Besuchern im Einklang sind: dann müsste es doch möglich sein, auch im Alltag glücklich und zufrieden zu sein und die üblichen Störfaktoren auf das notwendige Minimum zu reduzieren. Bloss: Wie erreicht man das? Wie wird man so? Und gibt es dafür eine ewig gültige Maxime, derzufolge zuerst jeder mit sich selbst und dann alle miteinander in Einklang gelangen?

Beim Siebenschläfer kam mir der Leitsatz in den Sinn, den Jesus vor einiger Zeit vorgeschlagen hatte: Liebe deinen Nächsten wie dich selbst. Zuerst sich selbst erkennen und dann die anderen so behandeln, wie man sich selber behandelt – das klingt durchaus verlockend als Regel, wie man buchstäblich in jedem Fall glücklich werden kann. Jedenfalls klingt dieser Satz erfolgversprechender als Mao Tse Tungs oberste Forderung, das Individuum abzuschaffen. Das hat offensichtlich nicht funktioniert. Und die Lösung von Sokrates, ich weiss, dass ich nichts weiss, ist viel zu kopflastig.

Auf der Suche nach weiteren, allumfassenden und ultimativ gültigen Leitsätzen für ein besseres Leben schlenderte ich an den Enten vorbei zu den Waschbären. Eines von den putzigen Viechern hatte grad Hunger und grapschte mit einer Pfote im Futterrohr nach Rüeblistücken. Erst frass der Waschbär drei Scheiben weg, doch als er die vierte aus dem Rohr holen wollte, stellte er verdutzt fest, dass das Rohr leer war.

Das brachte mich auf einen weiteren Grundsatz, der uns das Leben leichter machen könnte, wenn wir konsequent danach leben würden: Nichts ist selbstverständlich.

— **November 2003** —

Glücksforscher sagen: Um Empathie überhaupt entwickeln zu können, ist es notwendig, zwischendurch allein zu sein.

# Wie ich es endlich zu etwas bringe

Aufschwung beginnt im Kopf, wollen uns die Wirtschaftskapitäne weismachen, aber das ist gar nicht wahr. Ich meinti: Aufschwung beginnt mit neuen Titten. Oder etwas sensibler formuliert: mit zwei Handvoll Silikon.

42 Schauen Sie mich an, zum Beispiel: Meine Kinder lassen sich jetzt noch Schulbildung angedeihen, und bald werden sie eine Lehre beginnen. Beides bereitet mir Sorgen, weil es mich einen Grossteil meines Lohnes kostet, ohne dass ich die Garantie hätte, dass dereinst aus ihnen was Gescheites wird.

Maria Dolores Diéguez hat mir aus meinem Dilemma geholfen. Maria Dolores Diéguez hat an der diesjährigen Miss-Schweiz-Wahl teilgenommen und es bis auf Rang drei geschafft. Als amtierende Vize-Vize-Miss-Schweiz hat sie uns also durchaus etwas zu sagen, und das tut sie ausführlich in der «Schweizer Illustrierten»: Mit 16 Jahren hat sie angefangen, als Fotomodell zu arbeiten. Kurz darauf hat sie die Schule geschmissen und sich schliesslich mittels eines Silikonimplantats der Körbchengrösse B die Brust vergrössern lassen, und zwar nicht wie üblich durch einen Schnitt am unteren Busenansatz, sondern durch eine Scharte entlang der Warzenhöfe. Die dazu nötigen 15'000 Franken hat sie sich der Einfachheit halber von ihrer Model-Agentur vorschiessen lassen.

Was mir Maria Dolores Diéguez damit sagen will, ist dies: Ein künstlicher Busen ist wichtiger als ein echtes Hirn. Sie hat recht: Erst wurde sie amtierende Vize-Vize-Miss-Schweiz, dann Ansagerin im Solothurner Regionalfernsehen, und in besagter «Schweizer Illustrierte» kann sie so tun, als posiere sie im «Playboy». Sogar eine CD will sie demnächst besingen. Wen interessiert denn da noch, dass sie mit 21 Jahren neben einem leeren

Bücherregal auch noch 15'000 Franken Schulden hat. Dafür hat die amtierende Vize-Vize-Miss-Schweiz Maria Dolores Diéguez schliesslich eine einleuchtende Begründung: Das macht doch heute jeder.

Was das mit meinem Aufschwung zu tun hat, fragen Sie? Ist doch logisch: Ich werde meine Kinder aus der Schule nehmen, die Kosten für deren Schulbildung sparen und damit meinen eigenen Wohlstand mehren. Den Unterhalt für meine Tochter übernimmt fortan deren Model-Agentur. So gewinnt meine Tochter gar doppelt: Sie muss selber kein Lehrgeld bezahlen und hat beste Aussichten auf eine glorreiche Zukunft, zuerst als amtierende und dann als Ex-Irgendwas, zum Beispiel als Ex-Vize-Vize-Miss-Wet-T-Shirt-Contest. Als solche kann sie dann sogar eine CD besingen.

Meinen beiden Buben werde ich allerdings von Silikonimplantaten abraten. Sie gebe ich vertrauensvoll in die Obhut von Dieter Bohlen. Der macht aus ihnen richtige Memoiren-Autoren und noch richtigere Popstars. Am Ende werden Tochter und Söhne gemeinsam als The Incredible Geschwister Huig eine CD besingen und damit den weltweiten Erfolg der Drei Tenöre übertreffen. Was wiederum mir zugute kommt: Als ihr Manager werde ich mir dann eine Villa mit Swimmingpool leisten können.

— **Dezember 2003** —
Stand 2019: Tochter studiert Betriebsökonomie.
Sohn 1 ist Swissint-Fourier. Sohn 2 macht Wirtepatent.
Ich? Immer noch Schreiber.

# Das Scheppern
# der Milchkannen

G leich vis-à-vis von wo ich wohne hat unser Dorfkäser seine Dorf-
käserei. Das gefällt mir nur schon deshalb sehr, weil ich den ausge-
zeichneten heimischen Alpkäse und den vorzüglichen dreijährigen
Gruyère immer in meiner Nähe weiss. Und ich mag die Düfte, die hin
und wieder bei richtiger Windlage um meine Nase schlenkern. Der heime-
lige Geruch warmer Kuhmilch, das leicht herbe Odeur frischer Molke,
das volle Aroma von reifem Weichkäse.

Und ich mag das Scheppern der Milchkannen. Es klingt werktags schon
frühmorgens in mein Schlafzimmer und weckt mich mit der beruhi-
genden Botschaft, dass die Welt über Nacht doch nicht untergegangen ist.
Dass das Leben so alltäglich weitergeht wie immer. Genauso, wie mir
das Fehlen des Schepperns am Sonntag verrät, dass die Welt gemäss
Gottes Wunsch Pause macht vom strengen Alltag und die Kannen ruhen
lässt. Das ist irgendwie alles so beruhigend. Sowas gibt Menschen wie
mir sicheren Halt im Leben.

Aber was ist, wenn die ganze Dorfkäserei-Idylle bloss Fassade ist? Was,
wenn unser Käser ganz was anderes macht als Käse? Es könnte ja sein,
dass sich in den grossen Milchkannen statt Milch illegale Waffen be-
finden. Sie wissen schon: Schwarzmarkt-Kalaschnikows. Uzis mit ausge-
kratzter Seriennummer. Nicht registrierte Bazookas und gestohlene
Sturmgewehre 90. Und Handgranaten in alten Käseschachteln und Hori-
zontalpersonenminen. Unser Käser, der Waffenschieber! Liefert kan-
nenweise Maschinengewehre in alle Welt und scheffelt Millionen, während in Burma Unabhängigkeits-Rebellen die Polizisten beschiessen.
Mit Waffen von unserem Käser. Und warum wohl konnten die Irakis trotz
internationalem Embargo jahrelang gegen Iran Krieg führen? Wegen
unserem Käser!

44

Warum ich das weiss? Weil das Scheppern von Milchkannen genau gleich tönt, wie wenn man zwei Sturmgewehre aneinanderschlägt. Hell, kurz und grell. So wie: schlegg! Deshalb. Milchkannen eignen sich vorzüglich zum Transport von Waffen, weil man die beiden Schleggs nicht voneinander unterscheiden kann. Ich weiss das. Ich höre es schliesslich jeden Tag. Ausser sonntags. Da schweigen die Waffen. Und unser Käser macht einen auf heilig. Manchmal, wenn die Sonne scheint, trägt er eine dunkle Sonnenbrille. Das ist der definitive Beweis. Weil er dann aussieht wie ein Mafioso. Und was die so machen den ganzen Tag, das wissen wir ja.

Deshalb meinti ich: Unser Käser verkauft Emmentaler nur zur Tarnung. In Wahrheit untergräbt er den Weltfrieden. Mein Gott, in was für eine Welt bin ich da bloss reingeraten!

— Januar 2004 —

Lesen Sie den Artikel «Alpengold» über Nidwaldner Alpkäse im «Nidwaldner Kalender» 2019.

# Das Spiel
# der Lebens-Listen

L etzthin erdachte ich mir das lustige Spiel, Listen von denjenigen Dingen zu erstellen, die unser Leben bestimmen. Damit meine ich selbstverständlich nicht, alle 401 Paragraphen unseres Strafgesetzbuches auswendig zu wissen. Da beschränke ich mich auf die paar wichtigsten, zum Beispiel nicht die Katze meines Nachbarn vergiften oder keine Autobomben basteln.

Was mich mehr interessiert, sind die Listen derjenigen Dinge, die unsere Kultur und unsere Moral bestimmen. Sie erinnern sich: Moral ist diese Anleitung zum Anstand, der unserer Gesellschaft Richtlinien und Orientierungshilfen gibt. Allen voran natürlich die zehn Gebote. Oder die sieben Todsünden. Wobei ich es, nebenbei bemerkt, immer weniger erstaunlich finde, dass ausgerechnet die Trägheit als ärgste aller Todsünden gilt.

Wie heissen die neun Musen und wofür sind sie zuständig? Wer kennt die sieben Primärtugenden? Und vielleicht sogar die acht Sekundärtugenden?

Wissen Sie die vollständigen Antworten? Nicht? Na ja. Sind ja auch alles ziemlich lange Listen. Zugegeben: Ich selbst kann das siebte Gebot auch nicht locker aus dem Ärmel schütteln. Und dass Gerechtigkeit, Mässigkeit, Klugheit und Tapferkeit als Kardinaltugenden bezeichnet werden, weiss ich auch erst, seit ich die nachgeschlagen habe. Was bin ich da froh, muss ich als Christ nicht die 99 Namen Allahs und deren Eigenschaften auswendig wissen.

Als ich nach dem Selbsttest mein neues Spiel mit Freunden und Bekannten spielte, fand ich heraus, dass kein Einziger auch nur eine von den oben erwähnten Listen vollzählig aufzählen konnte. Ich war also in bester Gesellschaft. Aber war das nun beruhigend oder beängstigend?

Vielleicht waren die Listen ja auch bloss zu lang. Sozusagen eine Anmassung der Moralisten. Ich beschränkte mich deshalb auf kleinere Listen. Die vier Evangelisten oder die letzten vier Präsidenten der USA oder die sieben Bundesräte. Aber das war immer noch zuviel. «Äh, wie heisst schon wieder der neue Chef des Departements für auswärtige Angelegenheiten – der liegt mir auf der Zunge…», hiess es dann.

Schliesslich beschloss ich, mich in Zukunft nur noch auf Dreierlisten zu beschränken. Die sind handlich und leicht zu merken. Die drei Primärfarben zum Beispiel oder die drei Hauptmahlzeiten. Immerhin eröffnet mir die Beschränkung auf drei die Möglichkeit, mein Leben immer wieder neu und flexibel zu ordnen. Zum Beispiel mit der Frage nach meinen drei besten Freunden. Die drei Menschen, die ich am meisten lobe. Drei Situationen im Alltag, in denen ich weiss, dass Gott existiert. Meine drei unnötigsten Ärgernisse. Die drei wichtigsten Menschen, denen ich Hilfe verweigert habe. Und so weiter. An diesem Punkt verselbstständigt sich mein Spiel, weil jeder aus der Listen-Erstellerei sein eigenes Spiel machen kann, eine Art persönliches Lebenslistenspiel.

Ich meinti, solche Spiele sind ganz lustig. Vor allem, weil man sie sogar zu zweit spielen kann. Und das geht so: Einer stellt eine Frage nach den drei Irgendwas im Leben des anderen. Wenn der andere nicht zufriedenstellend antworten kann, wird er oder sie vom Herrgott mit den zehn ägyptischen Plagen bestraft. Welche waren das doch gleich?

— **Februar 2004** —

Die drei Wünsche von Gaby: Einen Tag als gnadenlose Verführerin im Moulin Rouge auftreten. Einen Tag als scheue Piratenbraut auf hoher See verbringen. Eine Nacht mit einem Sklaven.

# Wie man unversehens Frauen besser versteht

G eh du ruhig», sagte ich meiner Freundin, und ich versuchte, gönnerhaft zu tönen. Was hätte ich denn anderes tun können, als gönnerhaft zu sein, wenn ich schon keine Möglichkeit zur Widerrede hatte: Meine Freundin erkannte eines Morgens schlagartig die Notwendigkeit neuer Serviettenringe, und die mussten natürlich unbedingt jetzt und subito auf den Tisch, buchstäblich. Wild entschlossen eilte sie deshalb in die Stadt, mit mir als befohlenem Taschen-nach-Hause-Träger im Schlepptau. Und da stand ich nun, mitten im Interio, Fachgeschäft für Wohnungseinrichtungen, und entschied mich für einen gönnerhaften Ton. «Geh du ruhig», sagte ich also meiner Freundin, «ich setz mich dann solange auf den Stuhl da und warte.» Es war ein Modell Bistro für 75 Franken, jetzt zum Aktionspreis für nur noch 59 Franken 90.

Ich wartete also. Und wartete. Mein Schatz war abgetaucht zwischen den Regalen. Auf fast mysteriöse Weise verschwunden wie ein Schiff im Bermuda-Dreieck. Ich studierte zuerst ausführlich die Maserung des Parketts, dann den Verputz jeder einzelnen Wand und schliesslich die anderen Kunden im Laden. Aber da waren keine Kunden. Da waren nur Kundinnen. Und ich der einzige Mann.

Erst jetzt fiel mir auf, dass niemand im Laden sprach. Alle Frauen wandelten zwischen den Regalen, aufmerksam, konzentriert, ja fast andächtig betrachteten sie kunstvoll gedrehte Messing-Kerzenständer und mit blauen Blumen verzierte Doppelbettwäsche. Nur das Klacken der Absätze auf dem Parkett war zu hören, es klang fast wie in einer Kirche. Im Gesicht der Frauen lag ein leises Lächeln. Ein seliges Lächeln. Da wurde mir mit einem Male klar: Diese Frauen sind glücklich. Und dieses Glück hatte nichts damit zu tun, ob der Messing-Kerzenständer genügend hell war, um ein Wohnzimmer auszuleuchten. Oder ob die Bettwäsche pflegeleicht und rissfest war. Solche Fragen beschäftigen Männer, die in der Migros einkaufen. Frauen im Interio aber sind glücklich, weil sie in Formen und Farben, Stile und Stimmungen abtauchen können.

Erhellt von dieser Erkenntnis, entdeckte ich meine Freundin. «Ich hab sie», sagte sie und stand vor mir mit sechs Serviettenhaltern, einem durchsichtigen Miniatur-Salzstreuer, zwei orientalisch anmutenden Rohseide-Sofakissen, einem Set pastell-orangener Rechaud-Kerzen in Glasschalen und einem Fläschchen Wildrosen-Duftöl. Sie war glücklich.

Am selben Abend wurde ich ausführlich und hingebungsvoll mit einem umwerfend wohlschmeckenden Menü bekocht. Die Servietten waren in die neuen Serviettenringe gefasst.

Seither betrachte ich Accessoires-Läden, Lingerie-Boutiquen und Mode-schmuck-Ateliers mit ganz anderen Augen. Und ich meinti, dass alle Fach-geschäfte für Strickwolle Stühle für Männer in ihre Läden stellen sollten. Vielleicht verbunden mit Whisky-Offenausschank. Dann müssten die Männer nicht erst gönnerhaft tun, bevor sie Platz nehmen.

— **April 2004** —
Unsinnlich: Einkaufen im Netz.

# Süden liegt
# immer geradeaus

**D**a war dieser Mann, der hatte eine Windrose auf seinen Unterarm tätowiert. Sie wissen schon, diesen achtzackigen Stern im Kompass, der die vier Himmelsrichtungen anzeigt und mit erdmagnetischer Treffsicherheit den Norden markiert. Ich stand gerade am See in der Nähe des Hafens und machte das, was ich am liebsten tue, wenn ich am See bin: Ich blickte aufs Wasser hinaus, liess meine Gedanken über, durch und unter die Wellen wandern und atmete die Frische des Sees. Und erinnerte mich daran, dass ich zu Hause schon wieder die Brotresten für die Möwen vergessen hatte. Da stand also dieser Mann mit der tätowierten Windrose auf seinem Unterarm plötzlich neben mir und machte eine Bemerkung über hungrige Möwen. Als hätte er mir angesehen, woran ich gerade dachte. Ich gab mich unbeeindruckt und erwiderte irgend etwas Belangloses – woraus sich ein angenehm lockeres Gespräch ergab.

Irgendwann sprach ich ihn auf seine Tätowierung an. «Damit weiss ich immer, wo Süden liegt», antwortete er lachend. Er hielt den Arm vor seine Brust, als würde er auf eine Armbanduhr schauen. Er warf einen Blick auf sein Tattoo, dessen Norden-Spitze direkt seine Brust berührte. Dann streckte er den anderen Arm gerade nach vorne und schnitt mit der offenen Hand durch die Luft. «Da», sagte er.

Ich stellte ihn mir als Seemann auf einem Frachter auf hoher See vor. Ein bösartiger Sturm tobte, gigantische Wellen brachen über dem Schiff und peitschten es wie eine Nussschale durch das tosende Inferno. Die Besatzung hatte längst kapituliert und sich zum letzten Gebet in die Kombüse zurückgezogen. Nur er, der Mann mit der Windrose, stand unverzagt draussen auf Deck zuvorderst am Bug mit grimmig-fröhlicher

Durchhaltemiene, hielt seinen linken Unterarm vor seine Brust und zeigte mit seinem rechten Arm und der ausgestreckten Hand nach vorne. Nach Süden. Jawohl.

«Die Windrose hilft mir vor allem», sagte der Mann neben mir und riss mich aus meinen Gedanken, «wenn auf meinem Frachter der Sturm tobt und die Besatzung sich zum letzten Gebet in die Kombüse zurückgezogen hat. Dann stehe ich draussen zuvorderst am Bug und weiss immer, wo Süden ist.»

Irgend etwas an diesem Kerl irritierte mich. Ich wusste noch nicht mal seinen Namen. Captain Ahab? Kolumbus? Jesus? Himmel, jetzt blickte er mich auch noch an und begann zu lächeln. Er lächelte und schwieg.

«Aha», sagte ich und atmete hörbar aus. Ein warmer Föhn blies. Wind aus Süden.

Natürlich ist diese Geschichte erfunden. Nur den Mann mit der Windrose, den habe ich tatsächlich gesehen. Und der Rest ist so schön, der sollte wahr sein.

— Mai 2004 —

Ein Kompass ist heute in jedes Handy eingebaut. Man kann also den Platz auf der Haut für ein anderes Tattoo verwenden. Zum Beispiel für seinen eigenen Namen, falls jemand immer wieder vergisst, wer er oder sie ist.

# Wie man sich am besten vor Pilzen schützt

Heute reden wir ausführlich über Fusspilz. Tinea pedis nennt der Arzt oder Apotheker diesen Befall, um der damit verbundenen drohenden Gefahr das nötige medizinische Gewicht zu geben. Schliesslich ist der Pilz am Fuss nur eine von vielen Unterarten des Schimmelpilzes, und dieser ist noch viel gefährlicher: Unter jedem Bett, hinter jeder Verfalldatums-Etikette, auf jeder fremden Hand, überall lauern diese Mistviecher und warten wie Zecken auf ahnungslose Opfer. Kommt ein Mensch dem Pilz zu nahe, sprüht der Angreifer ihn mit Sporen voll, um dann fröhlich auf ihm vor sich hin zu schimmeln. Es kann jeden treffen: die Hausfrau beim Haushalten, den Geschäftsmann beim Geschäften und umgekehrt, den Hund beim Gassigehen, die Grossmutter, den Schwiegervater, sogar die Ex-Frau. Es ist grauenhaft.

Doch zum Glück stehen wir dieser Verseuchung nicht hilflos gegenüber. Apotheker beispielsweise bekämpfen den Befall von Mundschleimhaut-Pilz mit Daktarin-Gel. Der Kräuterdoktor A. Vogel empfiehlt Parakresse-Tinktur bei Nagelpilz. Ein gänzlich keimfreies Leben garantieren uns sämtliche Hersteller von Putzmitteln, denn sie verkaufen uns Flüssigkeiten, die reinigen so gründlich, dass sogar Babys vom Toilettenboden schadlos Kinderbiscuits kauen können. Was uns nebenbei zur Frage führt, was ums Herrgotts willen Krabbelkinder mit ihren Biscuits auf der Toilette zu suchen haben.

Und natürlich gibt es auch ein probates Mittel gegen den Pilz am Fuss, um auf unseren ärgsten Pilzfeind zurückzukommen: Adiletten. Jawohl: Adiletten. Preiswert in jedem Schuhfachgeschäft zu haben, bieten sie den Füssen nicht nur enormen Tragkomfort, sondern dank den etwas erhöhten Schuhsohlen einen sicheren Schutz gegen Fuss-, Boden- und Schimmelpilze. Den Sporen sind die zwei Zentimeter Sohlenhöhe ein schier unüberwindbares Hindernis. Behaupten jedenfalls Tausende von Adilettenträgern und Adilettenträgerinnen und schwören auf die blauen Hobbyfinken: Sie tragen sie in der Sauna und im Hobbyraum, und manchmal sogar bei sich zu Hause auf der Toilette. Zum Beispiel, wenn vorher ein Krabbelkind sein Biscuit überall hingeschmiert hat.

Andere schwören auf den Fusspilzschutz von Adiletten in öffentlichen Duschanlagen. In einer solchen stand ich letzthin mutterseelenallein unter dem Wasserstrahl und hing nach getanem Sport glückshormon-überströmt schönen Gedanken nach – als mir plötzlich der typische Geruch von Urin in die Nase stach, den Leute von sich geben, wenn sie Spargeln gegessen haben. Ich drehte mich um, und tatsächlich: Ich war nicht mehr allein in der Dusche. Selbstvergessen schamponierte sich in der gegenüberliegenden Ecke ein Sportsfreund. Dass er auch dann bedenkenlos unter der Dusche seine Blase leerte, auch wenn er eigentlich hätte wissen müssen, dass der Spargel-Geruch ihn sofort verraten würde, liess darauf schliessen, dass er es gewohnt war, in öffentlichen Duschen zu urinieren. Immerhin war er vor einer Pilzinfektion geschützt: Unser Freund steriler Duschen trug Adiletten.

— Juni 2004 —

Ich hab dann dem Mann in der Dusche nichts gesagt.
Aber wer sich auf die eigenen Füsse pissen will, soll das zu Hause tun.
Oder im Wald. Danke.

# Von neuen Partnern
# in alten Wohnungen

Letzte Woche habe ich einen neuen Nachbarn gekriegt. Das heisst, eigentlich ist er nicht neu: Markus ist mit Frau und Kind bloss drei Häuser weiter in eine grössere Wohnung gezügelt und wohnt jetzt nur noch zwei Häuser von mir entfernt. In seine alte Wohnung ist Herbert eingezogen: Er wohnte vorher zehn Häuser rechts von mir und ist jetzt also neu fünf Häuser links von meinem. Als Herbert noch verheiratet war, wohnte er mit Frau und Kindern zwölf Häuser rechts von mir. Rosmarie hat letzthin mitsamt Mobiliar und Katze die Strassenseite gewechselt, weil es dort ein bisschen mehr Sonne hat. Alle, die da zügeln, kennen sich irgendwie, sind verwandt oder verbandelt, verschwägert oder verfeindet.

So ergibt es sich fast wie selbstverständlich, dass mancher Umzug in eine neue Wohnung gleichzeitig mit einem Partnerwechsel verbunden ist. Anna zum Beispiel verliess letztes Jahr Beat. Sie nahm ihren Sohn mit, der nicht von Beat ist, und zog vier Häuser weiter zu Christoph, der seinerseits kurz vorher von seiner Frau Dora verlassen wurde. Dora zog mitsamt ihrem Sohn, der von Christoph ist, sieben Häuser weiter zu Ernst, mit dem sie heute ein gemeinsames Kind hat. Und die Ex von Ernst wohnt ganz in der Nähe, damit deren Kinder nicht zu weit weg von ihrem Vater sind. Das klingt jetzt vielleicht ein bisschen kompliziert, weil ich aus Gründen des Persönlichkeitsschutzes allen Nachbarn und sämtlichen Nachbarinnen Fantasienamen gegeben habe. Aber lassen Sie sich nicht verwirren, es bleibt ja alles im Dorf.

Und weil eben alles im Dorf bleibt und ein Dorf wie unseres eine sichere Führung braucht, könnte man diese ganze Zügelei und Partnerwechslerei allgemein ein bisschen regeln, damit das Ganze übersichtlich bleibt. Ich schlage deshalb Folgendes vor: Alle drei Jahre verkündet der Gemeindepräsident den Zügelbefehl. Dieser beschränkt sich der Einfachheit halber auf die Männer, weil die Kinder sowieso meistens bei der Mutter bleiben. Jedes dritte Jahr sagt also der Gemeindepräsident zum Beispiel: «Alle Männer zügeln fünf Häuser nach links!» Und alle Männer ziehen in eine neue Wohnung zu einer neuen Partnerin mit neuen Kindern, falls dort welche sind.

Dieses System hat nur Vorteile: Es gibt keine gescheiterten Ehen mehr, weil ja die Partner sowieso wechseln. Beziehungen müssen nicht mehr im Streit enden, weil drei Jahre zu kurz sind, um sich anständig zu bekriegen. Die Kinder sind durch ein stetig wachsendes Netz von Halbgeschwistern in eine riesengrosse Familie eingebettet, was gleichzeitig die Einzelkind-Problematik erübrigt.

Dieses System könnte sogar städtebaulich beziehungsweise dorfbaulich genutzt werden: Wenn sich über die Jahre zum Beispiel herausstellt, dass das Wohnen viel wichtiger ist als der Partner, könnte man die Schlafzimmer der Männer auf Putzschrank-Grösse reduzieren und den dadurch frei werdenden Raum für grössere Wohnzimmer nutzen.

Ich meinti, so hätten alle nur Vorteile. Ausser, dass bis jetzt die Frage noch nicht beantwortet ist, was mit dem Haustieren geschehen soll. Und vielleicht könnte man den Zügel-Rhythmus der Männer auf zwei Jahre reduzieren.

— Juli 2004 —

Jahre später zückte ein Kollege die aus der Zeitung ausgeschnittene Kolumne aus seinem Portemonnaie und sagte, die trage er immer auf sich und verwende sie als Einstieg in seine Kurse. Ich weiss aber nicht mehr, was für Kurse das waren.

# Als ich ein Heiliger werden wollte

**V**or ein paar Jahren war ich am Ende: Juden und Araber lagen im Krieg gegeneinander. Der sibirische Tiger stand kurz vor der Ausrottung. Die Sängerin Madonna bekam ein Kind, das nicht von mir war, und meine Nachbarn kauften einen Van, der viel zu gross war. Die Welt war ein Jammertal. Und wenn ich nicht darin zugrunde gehen wollte, musste ich einen Weg finden, der da raus führte. Ich brauchte dringend eine Erlösung. Ich beschloss, ein Heiliger zu werden.

Dieser Entscheid gab mir in doppelter Hinsicht eine hoffnungsfrohe Perspektive: Einerseits würde ich so den irdischen Jammer überwinden. Anderseits hatte ich realistische Aussichten, noch Jahrhunderte nach meiner Berufung in den Himmel verehrt und geliebt zu werden. Im Geiste sah ich mich schon: der heilige Huig, Welt-Entsager, Jammertal-Retter. Meine Statue würde auf dem Dach des Petersdoms in Rom stehen, und ich wusste auch schon, an welchem Zeichen man mich erkennen würde: dem Birkenzweig.

Denn mit einem Birkenzweig wollte ich mich geisseln und durch Selbstkasteiung den Weg des Martyriums beschreiten – zumal Birkenblätter eine gesundheitsfördernd anregende Wirkung auf die Haut haben. Ich beschloss also, im Wald eine Schwitzhütte nach Art der Hopi-Indianer zu bauen, darin zu schwitzen und zu singen und alsdann unverzüglich mit der Selbstgeisselung anzufangen. Aber wie Sie ja wahrscheinlich selber wissen, geht man viel zu selten in den Wald spazieren und kommt noch viel seltener dazu, darin eine Schwitzhütte zu bauen. So erging es auch mir, und es verstrichen Jahre, ohne dass ich auch nur einen Hauch von Seligkeit erlangt hätte.

56

Schliesslich kam es dann doch so weit: Hütte bauen, schwitzen, singen, geisseln. Doch in der Abgeschiedenheit des Waldes wurde mir schlagartig klar, dass ich nie und nimmer heiliggesprochen werde, wenn niemand mein Entsagen bemerkt. Abgesehen davon war das Auspeitschen ziemlich schmerzhaft. Ich musste also eine andere Lösung finden.

Auf der Suche nach derselben verstrichen erneut wertvolle Jahre ohne Resultate. Die Welt wurde derweil immer jammertaliger. Cézannes «Apfel und Birnen» gerieten in Vergessenheit. Indien wollte die Atombombe. Zoé Jenny fing an, Bücher zu schreiben. Und mir fiel nichts ein. Ich geriet regelrecht in Zeitnot. Zu meiner Beruhigung ging ich erstmal zu meiner Kosmetikerin und liess mir die Brauen zupfen: Schöne Heilige haben einfach mehr Chancen. Aber viel weiter half mir das auch nicht. Ich kaufte mir eine Platte mit religiöser Musik und liess sie in der Hoffnung auf versteckte Botschaften rückwärts laufen. Wieder nichts. Ich blieb ratlos. Und bin es heute noch. Was soll ich bloss tun?

— **August 2004** —

Schon im April 1997 erkannte der Tierschützer Franz Weber (1927–2019) meinen Mangel an Erleuchtung: In einem Brief an den Chefredaktor der «Schweizer Familie» schreibt er, der «unselige Hug» untergrabe mit seiner hartnäckigen Fragerei Webers Bemühung zur Rettung der Wildpferde in Australien. Weber hat es später immerhin zur Heiligenfigur der Tierschützer geschafft.

# Was Männer glücklich macht.
# Und Frauen

W ir Männer sind beneidenswert: Weil wir kaum Ansprüche an unser Leben erheben, machen uns schon winzige Kleinigkeiten zu glücklichen Menschen. Die Firma Gilette zum Beispiel hat jetzt einen motorisierten Rasierer erfunden, den M3Power. Dessen Brillanz beginnt schon beim Einführen einer Batterie in den Haltegriff, denn die Gilette-Forscher wissen: Alles, was mit Batterie-Einführen zu tun hat, verspricht dem Manne Unterhaltung und somit Trost.

Dann den grünen Knopf drücken, und mit einem vertrauten Summen beginnen die Klingen zu vibrieren. Grossartig! Unschlagbar, diese Verbindung von Motorbrummen und Kinnkosmetik. Und weil der Fussballer David Beckham für den M3Power Werbung macht, fühlt Mann sich beim Rasieren sofort irgendwie modern und metrosexuell. Das hilft Männern wie mir. Und denken Sie erst an unsere Freunde der Intimrasur! Das Einzige, was jetzt noch fehlt, ist ein Rasierwasser mit Motorenöl drin. Dafür könnte dann Michael Schumacher Werbung machen.

Ohne zu zögern habe ich also im Coop einen M3Power gekauft und mich anschliessend sofort ins Badezimmer verzogen. Ich war glücklich. Während meine Haut behutsam stimuliert wurde und sich meine Barthaare optimal aufrichteten, erwachte auch mein Geist, und ich begann, Dinge aufzuzählen, die Männer glücklich machen. Das war ein Fehler. Denn diese Liste hatte ich sehr schnell komplett, und so kam mir die Idee, Dinge aufzuzählen, die Frauen glücklich machen. Aber das ist eine Liste ohne Ende. Meine gute Laune war dahin. Was sollte ich tun? Weiter rasieren, als wäre nie was gewesen? Oder den ganzen Tag damit verbringen, Dinge aufzuzählen, die Frauen glücklich machen?

Wie das bei Geschlechterfragen üblich ist, entschied ich mich für einen Kompromiss. Ich beschloss, mich auf eine Liste von sechs Punkten zu beschränken. Und zwar ausgehend von der Frage: Was können Männer tun, um Frauen glücklich zu machen? Ich meinti also:

Erstens: Ein gemeinsamer Besuch bei Ikea ohne Murren und ohne zynische Bemerkungen inklusive Einkaufstaschen schleppen. (Hyperbonus: Nach dem Einladen des neuen Büchergestells wortlos das Schweisstuch zücken und sich damit die Stirn wischen. Das beweist, dass der Mann schon zu Hause einen Grosseinkauf einberechnet hat.)

Zweitens: Ein neues Parfüm schenken ohne äussere Notwendigkeit. (Zu beachten: Sollte die Frau daraufhin den Verdacht auf Untreue des Mannes äussern, soll der Mann entweder die Frau auswechseln oder prüfen, ob er anständig genug zu ihr ist.)

Drittens: Eine Ganzkörpermassage, die erklärtermassen weder therapeutischer Natur ist noch Folgesex bezweckt. Statt dessen gibts Kerzenlicht, Räucherstäbchen und Feng-Shui-Musik.

Viertens: Im Restaurant steht er auf, geht zu ihr hin, küsst sie sanft auf den Nacken und flüstert ihr ins Ohr: Ich begehre dich! (Tipp für Männer in langjährigen Beziehungen: Sagen Sie: Ich liebe und begehre dich!)

Fünftens: Nach dem Essen Danke sagen fürs Kochen.

Sechstens, als hohe Schule buddhistisch-christlicher Selbstüberwindung: Wenn Ihre Partnerin oder Ihre Kollegin in einem Gespräch unter Frauen für George Clooney oder Brad Pitt schwärmt, dann sollte der Mann auf keinen Fall denken: Du siehst ja auch nicht gerade aus wie Halle Berry.

— **September 2004** —

So machen Frauen ihre Männer glücklich: Kochen Sie ihm sein Lieblingsessen – Platzieren Sie seine Lieblingsbilder in der Wohnung – Informieren Sie sich über seinen Lieblingsverein – Lassen Sie ihn den Starken sein. Quelle: elitepartner.ch

# Von Blumen und weil man dann lächelt

E ine Floristin würde ich ohne Bedenken heiraten. Die sind den ganzen Tag umgeben von der Pracht blühender Blumen. Sie schwelgen täglich in den süssen Düften und satten Farben der Pflanzen. Und sie bekommen immerzu neue Gewächse aus allen Ländern der Welt geliefert. Umgeben von so viel Schönem, können sie im freien Fluss ihrer Kreativität Blumen und Blätter zu herrlichen Gestecken und Gebinden zusammenstellen. Floristinnen sind glückliche Menschen.

Jedenfalls solange sie sich ungestört ihren Blumen widmen können. Aber wenn ich dann an der Kasse stehe, frage ich mich manchmal, warum der Floristin kein glückseliges Lächeln um die Mundwinkel spielt, wenn sie die Blumen meiner Wahl einpackt. Letzte Woche konnte ich mich nicht mehr zurückhalten. Ob ihre Blumen denn Läuse hätten, fragte ich sie, weil sie aussehe, als ob ihr eine davon über die Leber gelaufen sei.

Da platzte es aus ihr heraus wie die Samen aus einer Spritzgurke: Viel zu viele Leute kauften Blumen, weil jemand gestorben sei oder weil sie die Schwiegermutter besuchen, sagte die Floristin, und deshalb sei Blumen-kaufen für die bloss eine lästige Pflicht. Manche Kunden würden sich sogar an der Kasse streiten: Der Toni sei ja jetzt tot, der merke gar nicht mehr, ob es im Leidkranz auch noch teure Rosen habe oder nicht. Sowas sei deprimierend.

Ich war ziemlich überrascht. Ist denn die Pracht von Blumen abhängig von der Grösse des Strausses? Und macht es einen Unterschied, ob man Blumen für eine Beerdigung oder anlässlich einer Geburt verschenkt? Nun fühlte ich mich plötzlich auch wie eine welke Tulpe. «Geben Sie mir bitte einen grossen bunten Strauss gemischter Blumen», sagte ich spontan zur Floristin und tat das, was ich immer tue, wenn ich mich welk und traurig fühle: Ich hielt mir den Strauss unverpackt vor die Brust und lief durchs Dorf.

Viele Leute, die meinen Weg kreuzten, schauten zuerst mich an, dann meinen Strauss – und begannen zu lächeln. Ein Lächeln so schön wie die Blumen in meinen Händen. Zusehends erhellte sich mein Gemüt wieder, und irgendwann begann ich zurückzulächeln. Die Welt war wieder in Ordnung.

Ich meinti, man sollte ab und zu mit Blumen durchs Dorf laufen, an den bunten Blüten schnuppern und sehen, wie die Leute lächeln. Das funktioniert übrigens auch dann, wenn man gar nicht traurig ist.

Zu Hause stellte ich meinen Strauss auf den Küchentisch. Er blühte viel länger als üblich. Und die Floristin lächelte, als ich das nächste Mal bei ihr Blumen kaufte. Ich sollte sie vielleicht doch heiraten.

— **Oktober 2004** —

Erstaunlich, dass immer noch immer nur Frauen mit Blumen beschenkt werden. Mein Vorschlag: Schenkt auch den Männern Blumen. Das geht übrigens auch von Mann zu Mann.

# Ein Adventskalender für das Pony

Für dieses Jahr habe ich mir einen völlig neuartigen Adventskalender gekauft, so gross und so dick, wie ich ihn noch nie gesehen habe: Er hat 24 Kinderschokolade-Überraschungseier drin, also jeden Tag eine Extraportion Milch mitsamt Surprise.

Überhaupt hat sich viel getan auf dem Adventskalendermarkt: Hätte ich einen Hund, ich würde ihm den neuen Hunde-Adventskalender schenken, mit Dackelbild und einem Gummiknochen für jeden Tag.

Nächstes Jahr wird es wahrscheinlich auch Adventskalender für Ponys geben, mit Halbpfund-Hafersäckchen und kandierten Mohrrüben. Denn das Pferd dazu gibt's bereits dieses Jahr, und zwar unter dem Weihnachtsbaum: In der neuen «Elle Girl», einer Illustrierten für Teenager-Mädchen, steht eine lange Liste von Weihnachts-Wunsch-Empfehlungen von der Gucci-Sonnenbrille für 300 Franken bis zum Chiffon-Kleid von Philosophy für 1500 Franken (im Ernst!). Und als «Must-have» eben auch ein richtiges Pony.

Es dünkte mich ja schon befremdend genug, dass vierzehnjährigen Mädchen empfohlen wird, sich etwas zu wünschen, ohne dass irgendwo im Heft auch nur ein Gedanke darüber verloren wird, dass Weihnachten ein Fest des Schenkens ist. Noch eigenartiger aber fand ich das Pony als Herzenswunsch. Stellen Sie sich bloss mal vor: Alle Mädchen im Dorf kriegen ein Pony geschenkt. Man müsste das ganze Dorf umbauen. Die Strassen wären vollgestopft mit Ponys, die den Postautoverkehr behindern. An jedem Wohnhaus müsste ein Ponystall angebaut werden, weil auch kleine Pferdchen grosse Pausen machen müssen. Und alle fünf Meter stünden riesige Roby-Pony-Pferdeäpfel-Sammler, weil den Viechern ja dauernd ihr

halbverdautes Heu zum Hintern rauskollert. Man müsste sogar die Orts-
namen ändern. Engelberg würde dann zum Beispiel Ponyberg heissen,
und Dallenwil hiesse Ponywil.

Immerhin: Die Ponys hätten auch was Gutes. Alle Teenager-Mädchen
wären glücklich, und deren Väter könnten dann Wettkämpfe im Pony-
Hochstemmen veranstalten.

Allerdings hege ich meine Zweifel, ob das Glück des Ponystemmens das
Ungemach im Verkehr und Häuserbau ausgleichen würde. Vielleicht hat
mein Lebensberater doch recht, wenn er sagt, dass man mit Wünschen
vorsichtig sein sollte: Sie könnten in Erfüllung gehen.

Und ich meinti, jemand sollte den Leserinnen von «Elle Girl» die Bedeu-
tung des Satzes erklären, dass Geben seliger ist als Nehmen, auch wenn
das vielleicht ein bisschen altmodisch klingt.

— **November 2004** —

Immer wieder schön und leider wahr: Das Leben ist kein Ponyhof.

# Der Länderpark
# als Quelle des Glücks

Am liebsten gehe ich in den Länderpark, wenn ich eigentlich gar nichts brauche. Oder nur wenig. Die feinen Schokoladenguetsli mit Puffreis zum Beispiel, oder das Wildrosen-Duschmittel von Kneipp. Wenn ich nämlich nicht all den Dingen nachrennen muss, die auf den ellenlangen Einkaufslisten stehen, die sich die Leute konzentriert vors Gesicht halten, dann wird der Länderpark unversehens zu allem, was ich mir wünsche.

Zum Beispiel zum Ort der Unterhaltung. Haben Sie schon einmal die Szenerie beobachtet, wenn Dreijährige grad schreiend einen Trotzanfall kriegen? Gleichzeitig nuscheln die Mütter meistens hilflos mit Engelszungen «aber Marco …». Und die Umstehenden kramen verlegen im Regal nach amerikanischem Parboiled-Reis und erwischen stattdessen den thailändischen Parfümreis, was sie dann allerdings meist erst zu Hause merken. Was wiederum zur Folge hat, dass der amerikanische Reis das nächste Mal erneut auf der Einkaufsliste steht, weil zu Hause niemand die parfümierte Pampe essen will.

Der Länderpark dient mir aber auch als Informations-Plattform: Als erstes schaue ich in der Fischabteilung immer nach, zu welchen abartigen Apéro-Häppchen findige Nahrungsmittel-Ingenieure die armen Zuchtlachse verwurstelt haben. Neulich entdeckte ich Lachs-Happen, die sahen aus wie aus dem toten Tier gestanzt und waren von Zahnstochern aufgespiesst. Und wahrscheinlich war die aufwendige Verpackung teurer als all die Antibiotika, die die Zuchtfische zu Lebzeiten schlucken mussten.

Können Sie sich vorstellen, was eine einzelne Muschel noch wert ist, wenn ein ganzes Kilo, von Spanien nach Stans gekarrt, geputzt, in Weissweinsauce gekocht, vakuumverpackt und tiefgekühlt, nur läppische

8 Franken 90 kostet und immer noch Gewinn abwirft? Und ich staune immer wieder, zu was man Hühner hacken, verfleischwolfen, pressen, stopfen und formen kann. Am sinnlichsten finde ich Chicken Nuggets in der Form von Hühnern. Kosten übrigens so gut wie gar nichts mehr.

Der Länderpark ist mir auch Quelle des Glücks. Denn manchmal kaufe ich mir das eine und andere, auch ohne Einkaufsliste und ganz ohne Notwendigkeit. Reife Papayas aus Südamerika zum Beispiel, für die für jede einzelne mehr Kerosin zum Hinflug verbraucht wurde, als die Frucht wiegt. Oder Budget-Unterhosen für Männer, zwei Stück für 4 Franken 50, keine Ahnung, wo die herkommen, aber praktisch und unbegrenzt waschbar, so was kann man immer brauchen.

Wenn ich dann an der Kasse stehe und in die Regale hinter mir blicke, überströmt mich immer das wohltuende Glücksgefühl, alles zu kriegen, was ich mir wünschen kann. Ausser vielleicht einem ausgestopften Murmeltier. Das alleine ist mir schon Grund genug, immer wieder zum Länderpark zurückzukehren.

Nun soll ja der Länderpark ausgebaut werden, und ich finde das eine tolle Idee. Aber was um Himmels willen soll man denn dort noch in die Regale tun, wenn ich doch schon alles finde, was ich mir wünsche – wie gesagt ausser dem ausgestopften Murmeltier? Krieg ich dann zwei Kilo Muscheln für 8 Franken 90? Oder bekomme ich dann Papayas nur noch im Doppelpack? Und muss ich dann mit zwei Autos hinfahren? Immerhin: Ich meinti, bei doppeltem Angebot werden dann wohl auch die dreijährigen Trotzkinder immer zu zweit schreien, und ich werde mich dann doppelt so köstlich amüsieren.

— Januar 2005 —

Im Jahr 2020 feiert der Länderpark sein 40-Jahr-Jubiläum.
Noch Fragen? Ja! Warum ist der Viktoriabarsch immer noch im Angebot?

# Wie ich zu einem neuen Sofa kam

Zügeln in eine schönere Wohnung ist immer etwas Wunderbares – abgesehen von einem riesengrossen Nachteil: Wenn man alle Bücher und Kleider und Teller und wasweissich verstaut und sich häuslich eingerichtet hat, merkt man, dass das Sofa rein optisch nicht mehr ins Wohnzimmer passt. Es ist jedes Mal das Gleiche. Und jedes Mal muss man dann sein altes Sofa einem Jugendhaus weitergeben und für sich selbst ein neues kaufen.

Immerhin: Wenn man die Sache positiv sehen will, hat diese ganze Sofakauferei einen netten Nebeneffekt: Man lernt mit den Jahren sämtliche Ikea-Niederlassungen der Schweiz kennen. Diesmal war bei uns die Filiale Dietlikon gleich neben Zürich an der Reihe.

Nach dem obligaten Znüni aus pampigen Fleischbällchen an tanggiger Dicksauce, die so billig sind, dass man gar nicht wissen will, was da alles drin ist, machten wir uns auf den Weg durch die geweihten Hallen der internationalisierten Wohnungseinrichtung. Zuerst fielen mir die unglaublich vielen Leute auf, die an einem ganz normalen Dienstag im Ikea einkaufen waren. Wir liefen und liefen und liefen, Treppe rauf und Lift runter und eine Halbetage wieder hoch, drei Treppen runter, wieder Lift, aber halt: War das nicht derselbe Lift wie vorhin? Kann nicht sein. Also wieder rein, zweite Etage drücken, Kücheneinrichtungen, Halbetage tiefer, eine Treppe noch tiefer, ah, eine Rolltreppe: Rolltreppe runter, zweimal links abbiegen, und da war schon wieder der Lift. Diesmal konnte ich es nicht mehr verleugnen: Wir waren im Kreis gelaufen. Auch ein dritter Versuch führte uns zwar durch die Bettenabteilung und durch die Bürostuhlausstellung, aber über eine weitere Rolltreppe schon wieder an den Lift.

Langsam wurde mir klar, warum hier so viele Leute waren: Die fanden alle nicht mehr hinaus. Wir waren alle Gefangene im Ikea Dietlikon. Eingesperrt in einem Labyrinth aus Esstischen, Bettdecken und künstlichen Schaffellen, reingefallen in eine gigantische Wohnwahnfalle. Himmel, wir waren verloren! Ich sah schon überall Skelette von verendeten Ikeabesuchern rumliegen. Die Wassermelonenduftkerze schien mir plötzlich wie einer dieser Menschenschädel, die in Fantasyfilmen immer in Drachenhöhlen rumliegen. Und irgendwann hatte ich sogar das Gefühl zu wissen, was in den billigen Fleischbällchen wirklich drin ist. Ich kam mir vor wie der griechische Sagenheld Theseus im Labyrinth, und das gesuchte Sofa war der versteckte Minotaurus, das tödliche Ungeheuer mit Stierenkopf.

Jetzt nur nicht die Nerven verlieren, sagte ich zu mir selber, immer lächeln und so tun, als wüsste ich, wie man den Minotaurus besiegt. Ich hielt mich an meine Freundin Anita, die kennt sich aus in solchen Dingen. Sie führte mich vorbei an Billiguhren und Kinderwaschlappen mit Bärengesichtern drauf, ich kann mich noch vage an den Fressnapf für Katzen erinnern, der hiess nämlich Päls, und irgendwann standen wir vor dem Minotaurus. Es war ein schönes grosses dunkelbraunes gar nicht teures Sofa. «Siehst du, da ist es», sagte meine Freundin beschwingt, und ich sagte reflexartig: «Gekauft!» Das klang wie ein durch die Luft geschwungenes Schwert, ja, es war ein regelrechter Schwerthieb. Der Minotaurus war tot. Das Labyrinth öffnete seinen Ausgang. Wir waren befreit. Und in unserer Stube steht jetzt ein neues Sofa. Ich meinti, es passt bestens in die neue Wohnung.

Ach ja: Unser altes Sofa steht jetzt zur Disposition: Sämtliche Jugendhäuser im Umkreis von zehn Kilometern sind bereits mit Sofas vollgestopft. Wer also eines gebrauchen kann: Anruf genügt.

— Februar 2005 —

Das alte Sofa wollte dann niemand. Die Sperrgutsammlungen sind ja schon voll davon.

# Das Leben in einem Satz erklärt

E iner der Gründe, warum ich gerne ins Kino gehe und Bücher lese, ist, weil ich dort Sätze finde. Ich sammle Sätze wie andere Leute Briefmarken, schreibe sie auf gelbe Post-it-Zettel und klebe diese an die Wand im Büro und in die Küche. Einer hängt an der Wohnungstüre. Darauf steht: «Es war ein Splitter in der Tür, nichts weiter.» Er stammt aus einem Buch von Kai Meyer.

Der Zettel an der Tür macht klar, was ich so spannend finde am Sätze-Sammeln: Indem ich sie aus ihrem Zusammenhang nehme und isoliert betrachte, eröffnen sie mir neue Perspektiven, schaffen neue Verbindungen und ermöglichen mir neue Betrachtungsweisen über das Leben. Wenn zum Beispiel im Film «Der letzte Mohikaner» die Heldin sich mitten in der aussichtslosen Schlacht an die Brust des Helden schmiegt und seufzt «Die Welt steht in Flammen, nicht wahr?», dann wirkt das im Film ziemlich hirnrissig. Derselbe Satz neben einer Postkarte des in der Morgensonne strahlenden Stanserhorns erhält schlagartig Gewicht: Wie stehts denn mit meiner kleinen Welt? Spüre ich heute das «heilige Feuer» in mir? Wie mache ich eine gute Crema Catalana?

Die besten Sätze sind diejenigen, welche ein Thema quasi auf den Punkt bringen. Sätze wie «Hab ich auch das Ziel verfehlt, kühn war doch die Fahrt», von dem ich unglücklicherweise nicht mehr weiss, wer ihn gesagt oder geschrieben hat. Oder «Die Hände des Königs sind heilende Hände» aus «Herr der Ringe», das Buch, nicht der Film.

Solche Sätze gefallen mir deshalb so gut, weil ich finde, dass man ein Problem oder eine Krise erst verarbeitet und überwunden hat, wenn man es beziehungsweise sie auf einen Satz reduzieren kann. Das ist wie bei einem Familien-Stammbaum: So wie jedes Kind Eltern hat, so hat auch jedes Detail eine Ursache und diese hat wiederum eine Ursache und so weiter, bis zuoberst der Urahn beziehungsweise eben der Satz steht. Die Frage ist dabei, ob man den richtigen Satz findet. Denn ich habe zum Beispiel schon oft festgestellt, dass der Satz «Wir haben uns auseinandergelebt» als Begründung für eine Trennung nie ein für alles gültiger Satz sein kann, sondern immer bloss eine plumpe Ausrede ist.

Besonders angetan bin ich von einem Satz aus Rupert Morgans umwerfend lustigem Buch «Schöpfung für Anfänger». Sein Held erfindet darin eine Maschine, die Bücher nach Belieben auf eine Seite, einen Abschnitt oder einen Satz reduziert. Einmal schiebt er die Bibel in diese Maschine, und wissen Sie, welcher Satz unten rauskam? «Es ist so, weil ich es sage.»

Ich meinti, das ist ein Satz, über den man ganz viel und ganz lange nachdenken kann. Zum Beispiel über die Ostertage.

— **März 2005** —

Würde uns viel Ärger ersparen: «Folge mir, führe mich – oder geh mir aus dem Weg.» Balthazar in «The Scorpion King».

# Eine gute Ehe beginnt mit einem Kuchen

L etzten Montag bekamen wir endlich unser neues Sofa geliefert, raufgetragen, ausgepackt und picobello montiert in die richtige Ecke gestellt. Nette Menschen, diese Ikea-Auftrags-Auslieferer. Meine Liebste geriet über das neue Polstermöbel derart in Entzücken, dass sie spontan den Beschluss fasste, einen Kuchen zu backen. Vom komplizierten Koriander-Südfrüchte-Magerquark-Cake liess sie sich glücklicherweise abbringen zugunsten eines einfachen Schokoladenkuchens, den ich ihr quasi ans Herz legte. Schliesslich standen die letzten Schoggi-Osterhasen immer noch im Wohnzimmer rum, und Kuchen ist eine gar praktische Entsorgungsmöglichkeit.

Frohgemut schüttete meine Liebste also in die Schüssel, was da so im Schrank gelagert war: gemahlene Hasel- und geriebene Kokosnüsse, einen Resten Weissmehl und die angefangene Packung Ruchmehl, Backpulver, etwas Zucker … Sie wissen schon, all die Dinge, aus denen man halt Kuchen backen kann. Rezepte, sagte meine Liebste, seien für Leute, die nicht backen können.

«Hast du denn Butter reingetan», fragte ich. Sie hatte, aber zu wenig, wenigstens meiner Ansicht nach. «Da muss mehr Butter rein», sagte ich, «ein Kuchen mit zu wenig Butter ist gar kein richtiger Kuchen.» «Und Eier», sagte sie, «wie viele Eier würdest du reintun?» «Drei», war meine Antwort. «Und muss ich noch Zitronenschale reinraffeln?», kam ihre nächste Frage. Und Salz? Und wie viel Butter denn ganz genau?

Das waren zwei Fragen zu viel. Ich witterte Gefahr. Aha, dachte ich: Erst mich fragen, und wenn der Kuchen nicht gut wird, bin ich schuld. Jetzt also vorsichtig sein! «Ich sage nichts mehr ohne Betty Bossi oder Herrn Stöckli», gab ich zur Antwort (Herr Stöckli ist mein Scheidungsanwalt, und Betty Bossi kennen Sie ja). «Ach so ist das also», antwortete sie und zeigte mit dem teigverklebten Mixer auf mich. «Dann bestehe ich sofort auf Gütertrennung!» Ich musste zum Angriff übergehen: «Gut, dann gehe ich jetzt das neue Sofa zersägen.»

«Ha, geh nur, aber dann werde ich keine Schokolade in den Schokoladenkuchen tun.» Der Teig, der an den immer noch auf mich gerichteten Schwingbesen klebte, fing an auf den Boden zu tropfen.

«Das kannst du gar nicht», konterte ich siegesgewiss, «weil dann ist es gar kein Schokoladenkuchen mehr. Siehst du», sagte ich und nahm mein Dr.-Oetker-Schokoladenkuchen-Backbuch hervor, «hier stehts.» Doch da stand noch etwas anderes: «Achtung: Kuchen immer alleine backen. Die Fertigung zu zweit kann zu Beziehungskrisen führen.»

Oha: Doktor Oetker, der Übervater aller Bäcker, ist auch Psychologe. Und er hat sogar recht: Kennen Sie ein Paar, das gemeinsam kochen kann, ohne sich in die Haare zu geraten? Ich nicht.

Ich meinti deshalb, gemeinsames Backen und Kochen ist so eine Art Beziehungstest für Fortgeschrittene. Und es liesse sich ganz viel Ehekrach vermeiden, wenn die Partner beim Kochen die Aufgaben klarer zuteilen würden.

Der Schokoladenkuchen meiner Liebsten gelang schliesslich wunderbar: Am Abend sassen wir gemeinsam auf unserem neuen, nicht gütergetrennten Sofa, guckten fern und machten Krümel aufs Leder. Aber das ist eine andere Geschichte…

— April 2005 —

Die «andere Geschichte» kennen Sie sicher selber: Sie eskaliert immer dann, wenn Ihr Partner oder Ihre Partnerin staubsaugt.

# Was nie gesagt wurde

Manchmal ist es besser zu schweigen. Deshalb gibt es viele «Ich meinti», die nie geschrieben werden. Hier eine Auswahl von Titeln zu Kolumnen, die die Redaktion nie veröffentlichen würde.

**Dumm sein ist uncool**

Über die grassierende Verweigerung, gwundrig und aufmerksam zu sein – was zu akutem Unwissen führt und überhaupt nicht lustig ist.

**Die Leere der Lehrkraft**
Darüber, dass in den Formulierungen der politisch korrekten Sprache der Mensch dahinter tragisch verlorengeht.

**Und immer wieder die Zeit**
Darüber, dass ich meinen Eltern dankbar bin dafür, dass sie mir so altmodische Werte wie Pünktlichkeit und Anstand eingepaukt haben.

**Friede, Feng Shui und Farbtherapie**
Die letzte boomende Branche unserer darbenden Wirtschaft: Das Kürsli-Wesen der Freizeit-Esoteriker.

**Kalaschnikow gestorben**
Wovon soll unser Dorfkäser jetzt leben?*

**Big Brother lebt**
Darüber, dass viel zu viele Menschen viel zu viel über das Privatleben von Music-Star-Gewinnern wissen und nichts über das Familienprogramm beispielsweise der CVP.

**The Pope on the Road**
Keine Konzertankündigung für die Rolling Stones, sondern über die
Frage, wann die katholische Kirche endlich ihren Horizont erweitert.

**Frauen, haut auf den Tisch!**
Warum Frauen roten Nagellack und hohe Absätze tragen können und
trotzdem emanzipiert sind.**

\* siehe Neue Nidwaldner Zeitung Nr. 18 vom 23. Januar 2004, Seite 32.
\*\* Keine Ahnung, was damit genau gemeint ist, aber meine Freundin hat
   gesagt, ich soll das schreiben.

— **Juni 2005** —
Schlagzeile vom 5. Juli 2019:
«MeToo-Debatte: Disney löscht Szene aus ‹Toy Story 2›».
Der Film erschien 1999.

# Mein Comeback
# mit leeren Händen

Damit wir uns richtig verstehen: Ich habe das ernst gemeint. Das hätten Sie wissen müssen, denn ich mache in dieser Kolumne nie Witzchen. Sie erinnern sich: Ich habe vor einiger Zeit an dieser Stelle geschrieben, dass ich mein Leben ändern und endlich meinen Traumberuf ausüben werde: Büstenhalter.

Viele Frauen haben mich damals zwar auf mein Angebot angesprochen, hoch entzückt und erwartungsfroh lächelnd. Vielleicht habe ich mich aber zu wenig deutlich ausgedrückt oder die Buchungsbedingungen zu ungenau formuliert. Vielleicht hatte keine Frau den Mut, ja zu sagen, oder alle dachten, ich sei zu teuer. Auf alle Fälle hat mich niemand als Büstenhalter engagiert. Weder für den Eigengebrauch noch als Geschenk – was mich, nebenbei erwähnt, an der Fantasie und Offenheit der Männer zweifeln lässt. Und bei den Frauen erstaunt, denn man will sich ja im Leben gern in guten Händen wissen. Denn nur was richtigen Halt hat, hat auch Bestand. So ist es ja mit allem im Leben: Ohne sichere Fixpunkte bricht die grosse Orientierungslosigkeit aus, und dann wabert man so uferlos vor sich hin wie die Fettrollen, die unter den zu kleinen T-Shirts vieler Teenager hervorschwabbeln.

Auf alle Fälle sitze ich seither taten- und arbeitslos bei mir zu Hause rum. Zumal mich auch niemand als Geheimnisträger oder Warter gebucht hat, als die ich mich damals an besagter Stelle ebenfalls angeboten hatte. So kann das nicht weitergehen. Nach reiflicher Überlegung, mehreren Umfragen und konkreten Bedürfnisabklärungen habe ich mich deshalb dazu entschlossen, mein Angebot nicht nur zu bekräftigen, sondern auch zu erneuern.

Also: Ab sofort kann man mich buchen als Büstenhalter in allen Lebenslagen und Haltepositionen und für alle Körbchengrössen, stunden-, halbtage- und tageweise. Preise nach Vereinbarung. Buchungen unter Telefon 079 – 668 95 18.

Ebenfalls mieten kann man mich ab sofort als Feldstecher: Ich bringe Ihnen die nötige Schärfe bei einem Ausflug in die wilde Natur. Ich biete Ihnen freien Blick auf alles, was Sie wunder nimmt. Buchungen ebenfalls unter oben genannter Telefonnummer.

Des Weiteren arbeite ich ab sofort als Stammhalter: Steht ein Baum in Ihrem Garten schräg oder suchen Sie noch einen netten Erben für Ihr Vermögen, dann bin ich zweifelsohne Ihr Mann. Buchungen wie immer unter oben genannter Telefonnummer oder Einzahlungen direkt auf das Konto 60-14-3 der Nidwaldner Kantonalbank zuhanden mir, Christian Hug, Freiberufler.

Die Telefonanrufe kosten übrigens nicht 2.99 Franken pro Minute wie bei Kartenleger Hermann, dem König der Karten, oder bei der Astrologie-Hellseherin Ariella Berger, sondern den ganz normalen Gesprächstarif. Dafür nehme ich wie der Nightclub Rose in Alpnach 30 Prozent WIR.

Jetzt sollte alles klar sein. Haben Sie Fragen? Suchen Sie Halt im Leben? Möchten Sie mich engagieren? Rufen Sie einfach an!

— Juli 2005 —
Leider immer noch keine Engagements erhalten (siehe No 6).

# Mit Chriesikomfi
# sicher durchs Jahr

Gibt es etwas Grossartigeres, als den Morgen mit einem Butterbrot mit ganz viel Kirschenkonfitüre oben drauf zu beginnen? Ich jedenfalls habe immer das Gefühl, dass ich nach einem Chriesikomfibrot für alles, was der Tag mir bringen wird, gerüstet bin. Voller Ungeduld wartete ich also, bis die Kirschensaison endlich eröffnet war. Denn mein Vorrat an Komfi war seit Wochen aufgebraucht, saure Trübelikomfi kam als Ersatz nicht in Frage, und nach einem Aprikosenkomfibrot als Alternative kann ich meinen Tag nur halb beherzt beginnen.

Es war also an der Zeit, neue Kirschenkonfitüre zu kochen. Aber ich hatte ja keine Ahnung, welche Kette von Reaktionen bis nahe an den Eclat mein Vorhaben auslöste.

Angefangen bei meiner Mutter, die ihrer Natur entsprechend sofort mit gut gemeinten Ratschlägen zur Stelle war: «Nimm den Mixer», sagte sie, «du musst die Früchte un-be-dingt mit dem Stabmixer zerkleinern und nicht mit blossen Händen zerquetschen. Und nimm das Geliermittel von der Migros und nicht zuviel Zucker und …» «Ja, Mutter!», sagte ich und wollte mich gerade freundlich und so schnell als möglich verabschieden, als die Kollegin meiner Mutter, die neben ihr sass, mit grossen Augen die Hände vor den offenen Mund hielt. «Jessas», entfuhr es ihr, «ein Mann, der Konfitüre kochen kann!» Ihr Weltbild war in den Grundfesten erschüttert, und sie wusste nicht, sollte sie sich jetzt über die Unbekümmertheit der jungen Leute freuen oder über die Verirrungen der modernen Zeiten ärgern.

Unbeeindruckt hielt ich an meinem Vorhaben fest und ging am darauffolgenden Samstag wie immer auf den Wochenmarkt. Und dort hatte es tatsächlich die ersten Kirschen im Angebot, aber nur die roten, und die wollte ich nicht, ich wollte nur schwarze. Die Frau, die neben mir stand und schon ungeduldig ihr grosse Gemüsetasche bereithielt, weil sie als nächste an der Reihe war, schaute mich entgeistert an. Ich konnte den Vorwurf in ihrem Blick förmlich hören: Sturer Mensch! Typisch Mann! Unflexibler Wichtigtuer!

Ich bestellte sechs Kilo schwarze Kirschen für nächste Woche, und einen Samstag später stand ein schöner grosser Korb für mich bereit – inklusive einer Entsteinungs-Maschine, die mir meine Lieblingsbäuerin Marietta auslieh. Endlich eine nette Geste, endlich eine Frau, die Verständnis hatte für mich.

Moralisch gestärkt machte ich mich ans Werk. Vier Stunden entsteinen, kochen, rühren, verkosten, abfüllen, es war wundervoll, es war die reinste Versenkung, die Einswerdung mit der Kirsche. Wäre der Dalai Lama ein Schweizer, er würde wohl die Kirschenkonfi-Meditation erfinden.

Nun stehen 15 Gläser à 400 Gramm schwarzer Chriesikomfi im Keller, ein weiteres Jahr werde ich jeden Tag für alles gewappnet sein, was da kommen mag. Es reicht sogar, ein paar wenige Gläser an meine engsten Freunde zu verschenken. Ausser Michael, der kriegt keins mehr, weil er letztes Jahr dumm rumgemotzt hat, meine Chriesikomfi sei viel zu süss. Seither frühstücken wir nicht mehr miteinander.

Apropos reden: Ich habe die Kirschen dann doch mit dem Mixer zerkleinert, und ich habe sogar das Geliermittel von der Migros genommen und nicht zuviel Zucker. Aber sagen Sie das bitte nicht meiner Mutter. Sonst erklärt sie mir das nächste Mal, wie ich hinterher die Küche zu putzen habe …

— **August 2005** —

Im selben Monat wird der argentinische Tennisprofi Guillermo Cañas wegen Dopings für zwei Jahre gesperrt. Das wäre ihm mit Kirschenkonfitüre nicht passiert.

# Fit und froh
# im Büro

Vielleicht schimpft man Büromenschen wie mich deshalb Sessel-
furzer, weil das ewige Sitzen nicht gerade zu einer reibungslosen
Verdauung beiträgt. Aber ich sage Ihnen: Es gibt Schlimmeres
in meinem Leben. Zum Beispiel die lästigen Nackenschmerzen, weil ich
das Telefon immer zwischen Ohr und Schulter einklemme. Und zwar
immer auf der linken Seite. Meine Hände sind kraftlos, weil ich keine
Dachbalken rumtrage, und meine Brust sieht vom vielen vornüber-
gebeugten Schreiben aus wie diejenige eines schlapp gekochten Suppen-
huhns. Das ist schlimm.

78

Deshalb muss ich mich immer wieder zu sportlichen Aktivitäten auf-
raffen. Bei schönem Wetter, aber nur bei schönem Wetter, gehe ich
manchmal ein bisschen joggen. Bei schlechtem Wetter bleibe ich zu Hause
und stemme Hanteln zur «Sportschau» im Fernseher. Von einer Kollegin
habe ich letzten Freitag sogar ein Aerobic-Video von Jane Fonda ausge-
liehen. Aber als ich dann am Abend im Wohnzimmer mithupfte, hatte ich
den dringenden Verdacht, dass meine Wellensittiche mich auslachten.

Zur Strafe schaltete ich um auf eine politische Diskussionssendung,
denn davon verstehen die Vögel nichts, und dann müssen sie sich langweilen. Die «Arena» im Schweizer Fernsehen kam gerade recht. Das
Thema auch: Die SVP mit der Auns und der Nationalistischen Partei oder
wie die heisst gegen den Rest der Welt. SVP-Chef Ueli Maurer an vor-
derster Front, schussbereit, und so, wie er die Argumente seiner Gegner
überhörte, hätte man sogar meinen können, ein Pamir gehöre zu
seiner Kampfausrüstung.

Ich amüsierte mich prächtig: Immer, wenn Ueli Maurer redete, nickten seine Weggefährten in der zweiten Reihe mit dem Kopf. Wenn der Gegner sprach, schüttelten sie ihre Häupter energisch. Und wenn dann Ueli wieder das Wort ergriff, klatschten seine Freunde in die Hände.

Die Wellensittiche langweilten sich. Aber mir wurde mit einem Mal klar: Ueli Maurer ist die wahre Jane Fonda! Das ganze Nicken, Kopfschütteln und Händeklatschen ist modernes Aerobic. Ich machte begeistert mit: nicken, schütteln und zur Entspannung grinsen. Klatschen und abwinken zur Erbauung der Schulterpartie. Und als ich meinen Salontisch so heftig drückte wie Ueli sein Rednerpult, spürte ich meine Brustmuskulatur erstarken. Doch das Beste dabei war: Ich musste nicht mal meinen Allerwertesten aus dem Sofa heben!

Stellen Sie sich bloss mal vor, wie viele Millionen Krankenkassengelder man sparen könnte mit Ueli Maurer als Vorturner, quasi Ueli Fonda national. Keine Kraniosakraltherapie, keine Ergo- und Physiotherapie, weder Spiralkanalstenose noch Vertebroplastik würden die Krankenkassen belasten.

Nach der Sendung fühlte ich mich total aufgebaut. Sozusagen mega locker. Als ich am nächsten Tag wieder auf dem Bürosessel sass und mein Handy zwischen linkem Ohr und linker Schulter eingeklemmt hatte, war ich gut drauf. Ich musste nie furzen.

— **September 2005** —

Die wunderbare Wandlung: Am 8. Dezember 2008 wird Ueli Maurer zum Bundesrat gewählt. 2019 ist er zum zweiten Mal Bundespräsident.

# Die Frau im Bild

Ich freue mich immer riesig, wenn sich eine Miss Schweiz oder eine Ex-Miss-Schweiz frisch verliebt: Weil sie sich nämlich nur wenige Monate später wieder von ihrem Partner trennen wird, obwohl sie ihn eben noch als absoluten Traummann bezeichnet hat. Die Gründe für die Trennung sind ja einleuchtend: Stress und viele Fototermine, man sieht sich deshalb zwei Wochen lang nicht mehr, und dann sind die Schmetterlinge schon zum Bauch raus, und irgendwie ist das Leben zu zweit so ungewohnt schwierig. Das Übliche halt.

Ich freue mich aber nicht auf die Trennung, weil ich dann wieder eine Chance hätte, bei Jenny oder Melanie oder Bianca als idealer Ersatzmann einzuspringen. Dazu bin ich in viel zu guten Händen. Ich freue mich, weil sich die Ex-Missen nach jeder Trennung sofort in sexy Unterwäsche stürzen und sich darin in der «Schweizer Illustrierten» lasziv auf Seiden- laken räkeln. Jedesmal geht das so. Was für eine Augenweide. Haben Sie letztens Mahara McKay im durchsichtigen Slip von Calvin Klein ge- sehen? Den trägt sie, seit sie sich von ihrem Davide getrennt hat. Einfach scharf! Gibts übrigens bei Globus. Den Slip, mein ich, nicht die Mahara.

Falls Sie diese Bilder nicht gesehen haben: Dummerweise ist diese Aus- gabe der «Schweizer Illustrierten» bereits vor einigen Wochen erschienen und also nicht mehr am Kiosk erhältlich. Aber macht nichts: Wenn Sie Fotos von Frauen in sexy Unterwäsche sehen wollen, laden Sie sich ein- fach bei Frauen zum Tee ein, die sich kürzlich von ihrem Partner getrennt haben. Dort werden Sie mit grosser Wahrscheinlichkeit solche Bilder zu sehen bekommen, meistens hängen sie im Schlafzimmer. Ich finde das überaus bemerkenswert: Frisch getrennte Frauen scheinen ein regel- rechtes Bedürfnis zu haben, sich fotografisch in Szene zu setzen. Keine Ahnung, warum sie das tun. Scheint ein natürlicher Reflex zu sein.

Aber grenzt es nicht ein bisschen an Verschwendung, die schönen Fotos nur neben Kleiderschränken aufzuhängen? Niemand kann sie dort bewundern, bloss die Kinder, aber die verstehen nichts von Kunst und fragen bloss, warum Papi nicht auf dem Foto ist. Ich meinti, dem kann abgeholfen werden. Ich schlage deshalb vor, all den vielen frisch getrennten Frauen in den Regionalzeitungen eine Plattform zu bieten.

Bei uns werden jede Woche die schönsten Fotos in der «Neuen NZ und OZ» veröffentlicht. Ende Jahr wählt eine unabhängige Jury die Miss Frisch-Getrennt. Erster Preis wäre ein Set Dessous der eigens kreierten «Ich fühl mich gut»-Linie, erhältlich im Fachgeschäft Asthesis in Stans.

Natürlich gäbe es zu jedem Foto auch ein kleines Interview. Dort könnten die Miss-Frisch-Getrennt-Anwärterinnen dann lustige Sachen sagen. Sätze zum Beispiel, wie sie auch die Schweizer Ex-Missen gerne daherplappern: «Die Männer haben Angst vor mir» ist so einer, oder «Ich bin auf der Suche nach meinem wahren Ich». So könnte man von allen Miss-Frisch-Getrennt-Anwärterinnen auch das witzigste Interview des Jahres wählen. Erneut können wir uns ein Beispiel an den Ex-Missen nehmen. Mahara McKay zum Beispiel, die hat den bisher allerwitzigsten Scherz erfunden. Es war die Antwort auf die Frage, ob sie denn jetzt einen neuen Partner suche. Mahara sagte: «Sollte sich ein One-Night-Stand ergeben, wäre das auch okay.»

— **Oktober 2005** —

Einzige Ausnahme: Christa Rigozzi, Miss Schweiz 2006, ist seit 1999 mit Giovanni Marchese liiert/verheiratet.

# Neulich
# im Basler Zoo

W as für ein wunderbares Erlebnis ein Besuch des Basler Zollis doch immer wieder ist. Stundenlang kann ich vor all den Tieren sitzen und ihnen fasziniert dabei zuschauen, wie sie alles tun, ausser denken. Und jedes Mal mache ich mich auf die Suche nach einem Tier, dessen Bezeichnung so unterhaltsam klingt, dass ich es in meine Liste der lustigsten Tiernamen aufnehmen kann. Fetzenfisch zum Beispiel, oder Kurzohrrüsselspringer. Können Sie sich vorstellen, was ein Kurzohrrüsselspringer den ganzen Tag über alles anstellt?

Letzte Woche war ich wieder dort. Diesmal begann ich im Vivarium bei den Pinguinen. Prächtige Vögel sind dort zu sehen, einige mit sattgelben Kragen und andere mit neckischen weissen Strichen im schwarzen Federkleid. Ich war ganz versunken im Beobachten der Tiere, weil ich herausfinden wollte, welche der Pinguine wohl ein Brutpaar bildeten, als ich von einer leicht gellenden, offensichtlich erregten Stimme aus meiner Betrachtung gerissen wurde.

Hinter mir stand eine Mutter, die gerade dabei war, ihre kleine Tochter hochzuheben, damit sie die Pinguine besser sehen kann. Ihr Mann stand daneben und schob ziemlich unbeeindruckt einen Kinderwagen vor sich her, in dem eine weitere Tochter ins Halbdunkel der Gänge stierte. «Siehst du», sagte die Mutter viel zu laut zu ihrer Tochter, «da haben wir es schon wieder. Es ist ja so ungerecht, dass die Weibchen viel weniger schön sind als die Männchen!»

Herrje! O weh! Jetzt plötzlich sah ich es auch: Da waren zweierlei Pinguine im Vivarium, schöne und hässliche. Auf einen Schlag wurde mir das ganze Ausmass dieser Tragödie offenbar. Die Natur war ungerecht! Sie machte Männchen schöner als Weibchen. Konnte ich jetzt noch ruhig weiterleben?

Bestürzt, ja förmlich benommen taumelte ich nach draussen. Das grelle Tageslicht war brennender Schmerz in meinen Augen, weil ich jahrzehntelang in der Dunkelheit des Nichtwissens gelebt hatte. Mir wurde klar, was ich jahrelang nicht bemerkte. Es war so ungerecht! Es war ungerecht, dass die Blätter der Bäume grün sind! Es war nicht fair, dass Nilpferde so dick sind! Und erst die Nacktmulle!

Ich musste etwas tun, irgend etwas. Eine Bisamratte vergiften und sie so von ihrem niedrigen Dasein befreien. Mich selbst im Kormoranteich ertränken. Kleine Kinder mit Elefantenmist bewerfen. Ich beschloss, dass es das Beste war, mich selbst den Boas zum Frass vorzuwerfen. Schliesslich war es ungerecht, dass die armen Viecher keine Beine hatten.

Als ich die Tür zum Vivarium öffnete, stand unverhofft ein Mann in Gummistiefeln und Fischerüberhose vor mir. «Pinguinpfleger» stand auf seinem Hemd. Verzweifelt packte ich ihn am Kragen und schrie ihn an: «Wie können Sie nur Pinguine füttern und nichts dagegen tun, dass diese armen kleinen Pinguininnen so hässlich sind!»

Der Wärter überlegte lange. Er schaute die Tiere an, dann mich. Dann wieder die Tiere. Dann begriff er. «Das sind keine Weibchen», antwortete er, «das sind Eselspinguine. Wir haben Eselspinguine und Kaiserpinguine hier im Vivarium.» Ein Missverständnis! Weibchen sind gar nicht hässlich, Gott sei Dank. Es waren nur Eselspinguine.

— **November 2005** —

Es gibt 18 Arten von Pinguinen. Bei allen sehen Männchen und Weibchen gleich aus. Und alle teilen sich die Brutpflege.

# Impressum

November 2019

Herausgeber: Christian Hug, Stans
Autor: Christian Hug, Stans
Lektorat: Anita Lehmeier, Stans
Gestaltung: Jacqueline Rohrer, syn gmbh, Stans
Korrektorat: Agatha Flury, Stans

© 2019 Hug, Christian
Herstellung und Verlag:
BoD – Books on Demand, Norderstedt
ISBN: 9783749486090